小学館文庫

かぞくいろ

—RAILWAYS わたしたちの出発—

大石直紀

脚本／吉田康弘

小学館

かぞくいろ

―RAILWAYS わたしたちの出発―

目次

プロローグ

──二〇一七年　三月

前方に跨線橋の階段が見えた途端、いきなり駿也は駆け出した。

「ちょっと、駿也！」

それまで並んで歩いていた晶が、慌てて呼び止める。

「急いで！」

走りながら振り返ると、駿也は手招きした。

「早く、早く！」

「よし！」

横にいた修平も走り出す。

赤と黒のチェック柄のコートを着た小さな背中を、よれよれのベージュのトレンチコート姿の大きな背中が追いかける。

晶は、笑いながら、先を行く息子とその父親の後姿に目を向けた。

二人は「超」がつくほどの鉄道マニアだ。もうすぐ「ＥＨ５００」という機関車が跨線橋の下を通過するというので、それを間近に見たいらしい。

九歳の駿也は、跳ぶようにして長い階段を上がって行く。三十五歳の修平は、両手に買い物袋を提げていることもあって、なかなか追いつけない。

「待ってよ！」

遅れて晶も走り出した。まだ二十五歳で修平より十歳も若いし、足の速さには元々自信がある。

階段の途中で、修平を追い抜いた。

「おい、待てよ」

息を切らせながら、修平が情けない声を出す。

「修ちゃんは運動不足！」

イラストレーターをしている修平は、普段はほとんど一日中デスクにへばりついている。こうやって三人で買い物に出るときぐらいしか、身体を動かすことがない。

すでに階段を上がりきっていた駿也は、弾むような足取りで跨線橋を走っていた。

その後ろを晶が追いかける。

跨線橋のちょうど真ん中辺りで立ち止まると、駿也は、手すりから身を乗り出した。晶がその横に並ぶ。

眼下には、線路が何本も延びている。

向こうから貨物列車がやって来た。

「来た！」

目を輝かせながら、駿也が手すりからさらに身を乗り出す。

「来たよ！　ＥＨ５００！」

近づいてくる貨物列車を指さすと、大声を上げた。

「あれ⁉」

「うん」

駿也は興奮している。

先頭で貨物車両を引っ張っているのが「ＥＨ５００」という電気機関車だという。その特徴は、「金太郎」のイラストが車体に描かれていることで、マニアの間では大人気なのだとか。ただし、この機関車、本数が少なく、めったに目にすることができないらしい。

「金太郎」を見ることができるのは、通過するときの一瞬だけだ。

駿也の横で、晶も身を乗り出す。

右斜め下に、貨物列車がさしかかる。

「あっ！」

晶は、思わず声を上げた。

眼下を通り過ぎる機関車の車体に、本当にマサカリを手にした金太郎のイラストが描かれていたのだ。

駿也は、通路を横切って、反対側の手すりに飛びついた。晶があとを追う。

先頭の機関車はすでに見えなかった。貨物の長い列が、ガタンゴトンと音を響かせながら、夕焼けに染まった街並みの中に吸い込まれていく。

ハアハアと息を切らせながら、ようやく修平がやって来た。

「金太郎、見えた？」

修平が、晶と駿也に聞く。

「見えた！」

二人が、同時に声を上げる。

「お父さんは？」

「間に合わなかった」

修平は、苦笑いしながら肩をすくめた。

「駿也」

晶の肩越しに、修平が声をかける。

「今の、札幌発どこ行きだかわかるか？」

「名古屋行きでしょ」

すぐに答えが返ってくる。

「正解」

修平が笑顔でうなずく。

駿也は得意げだ。

さすが鉄道マニア親子。鉄道に関して知らないことはほとんどなさそうだ。

「ねえ——」

晶は、試しに聞いてみることにした。

「線路って、この先どこまで続いてるの？」

「言ってやれ」

修平が駿也をうながす。

「枕崎だよね？　指宿線の」

「どこ？　それ」

地理は苦手だ。枕崎も指宿も、耳にした覚えはあるが、どこにあるのかはまるでわからない。

「鹿児島の最南端だよ」

「へえ」

さすがに鹿児島は知っている。それに、鹿児島は修平の故郷でもある。

「そんなとこまで繋（つな）がってるの？」

一度行ってみたい、と思いながら晶は言った。

「北海道の稚内から枕崎まで、ずーっと繋がってるよ」

修平が付け加える。

「すごいね」

「鹿児島まで、各駅停車でどれくらいかかるかな」

線路の先を見つめながら、ふと駿也が漏らした。

「各駅？」

修平が目を丸くする。

「各駅かぁ」

「面白そう！」

晶は、はしゃいだ声を上げた。駿也も笑う。

「よし！」

修平がうなずく。

「みんなで行ってみるか？」

「行ってみたーい。お弁当持って」

「行く行く！」

晶と駿也は、その場で飛び跳ねた。

「お父さんは新幹線でいいよ」

「ええ〜、ずるーい」

駿也が口を尖らせる。

声を上げて笑いながら、三人は、肩を並べて線路の先を見た。

レールはどこまでも延びている。

——私たちの幸せも、きっと、この線路みたいにずっと続く。

修平と駿也を見ながら、晶はそう思った。

人生は面白い。

ほんの二年ほど前まで、晶は、自分は一生、心から笑うことも、愛する人と出会うことも、家族を作ることもなく、つまらない人生を送るのだと思っていた。もし、偶然修平と出会っていなければ、今もまだ、荒(すさ)んだ生活を続けていたはずだ。

亡くなった修平の奥さんには悪いが、こうして二人と出会えて、家族になれて、本当によかったと思う。

改めて線路の先に目を向ける。

自分たちの身にこれから不幸が訪れることなど、晶は、露ほども考えていなかった。

Ⅰ　晶の決意

1

――二〇〇三年　一月

顔めがけて、灰皿が飛んできた。

晶は、すんでのところで首を捻(ひね)ってかわした。プラスチック製の丸い灰皿が、灰をまき散らしながら背後の壁にぶつかり、畳の上に落下する。

こたつを挟んで向かい合って座っていた母は、眉を吊(つ)り上げて晶を睨(にら)んだ。

「ごめんなさい」

震えながら晶が謝る。

「あんた、私に逆らう気なの？」

「そんなことない」

頬をひきつらせながら愛想笑いを浮かべ、両手を合わせて頭を下げる。これ以上母を怒らせたら、平手打ちが飛んでくる。

「言うこと聞くから、怒らないで」

晶は必死で頼んだ。

夕方、パチンコから帰って来ると、母は、コタツで宿題をしていた晶に向かって、すぐに外に出るよう命じた。母はスナックで働いていたが、夕方になるとたまに男を連れ込み、そのまま二人で出勤することがあった。

風邪をひいたのか、今日は朝から熱っぽかった。身体の具合が悪いから今日は家にいさせてほしい、と晶は頼んだ。その途端、灰皿が飛んできた。

「わかったんなら、灰皿片付けて、とっとと出ていきな」

「はい」

母と目を合わせないようにして立ち上がり、洗面所で雑巾を濡らして居間に戻る。

母は、携帯で男と連絡を取っていた。晶の前では出したことのない甘ったるい声で話し、上機嫌で携帯を切ると、鏡台に向かって化粧を直し始める。それを横目で見ながら、畳に落ちた吸い殻と灰の始末をする。

母の化粧が終わる前に、晶は、黙って玄関を出た。これから一時間は、家に帰れない。

雪がちらついていた。毛玉の浮いたニットのコートの襟を掻き合わせ、団地の狭い階段を、三階から地上まで降りる。

頭が重かった。背筋に悪寒のような震えも走っている。

コートのポケットをさぐると、幸運なことに、五百円玉がひとつ入っていた。生活費として母から預かっていたお金の残りだ。近くのショッピングセンターに行くことに決めた。フードコートで、温かいココアを飲みながら時間を潰そうと思った。

ただ、本当はショッピングセンターには行きたくなかった。時刻はまだ六時前。母親といっしょに買い物に来ている同級生がいるかもしれない。

晶が一番恐れているのは、小学校の友だちに出会うことだった。以前、やはりフードコートにいたとき、母親と二人で買い物に来ていた同級生に見つかり、「ひとりで何してるの？　家に帰らないの？」と聞かれたことがある。晶は何も答えられず、黙ってうつむくしかなかった。そんな晶のことを、同級生の母親は、怪訝な顔つきで見つめていた。

それ以来、家を追い出されたときには、人けのない神社の境内で過ごすようになった。しかし、さすがに今日は、屋外はつらい。

雪の降り方が激しくなり始めていた。肩をすぼめ、ポケットに両手を突っ込んで、とぼとぼと歩く。

団地の敷地から出るとき、スーツ姿で髪の毛の薄い中年男性とすれ違った。おそらく母の相手だ。

いつまでこんなことが続くのだろうと晶は思った。


晶は、父親を知らない。両親は、東北の田舎町から駆け落ち同然に東京に出てきたらしいが、父親は、晶が生まれて一年もしないうちに家を出て行ったきり、行方がわからない。写真は母が全部捨ててしまったらしく、顔も見たことがない。

晶が小学校に上がる年、二人は埼玉県大宮市にある団地に引っ越した。それからは、何度か男と同居した。でも、ひとりの男が長く居ついたことはない。数ヶ月から半年ほどの間に、男たちはみんな家を出て行った。その度に母は、「あんたのせいだ」と言った。あるときは「あんたがいるから私は幸せになれない」となじられ、またあるときは「お願いだからどっかへ行ってよ」と懇願された。

そんなとき晶は、ただ黙ってへらへら笑った。泣いたらぶたれるからだ。愛想笑いは、母の暴力から身を守るための防御手段だった。

まともに家事をしない母に代わり、小学校四年生になる頃には、晶は家の主婦になった。掃除も洗濯も、買い物も食事の支度も、晶がするようになった。小学五年生の今は、家の中のことを全て任されている。母にとって晶は、お金を払う必要のない家政婦のようなものだ。だから、二度と「どっかへ行ってよ」とは言われない。

母には兄弟がおらず、故郷も捨てているために、晶には親戚と呼べるような人間はひとりもいない。母が唯一の肉親だった。だから、なんとかマトモになってほしかった。自分さえ耐えていれば、そのうち母も生活を改めてくれるのではないかと期待していた。

しかし、その願いは届かなかった。


二万円をこたつの上に残して母が姿を消したのは、翌週のことだった。

生活費を置いて母がいなくなることは、それまでにも度々あった。男と旅行に出かけているのだ。たいていは、数日で帰って来た。

しかし今度は、一週間経ち、十日が過ぎても帰って来なかった。お金は尽きかけていた。

母が姿を消してから二週間後——。

学校から帰り、玄関のドアを開けると、母の靴があった。

不意に喜びが込み上げた。さっきまで心細くてべそをかいていたのに、思わず笑顔になった。どんなことをされても、母は母だ。自分のところに戻って来てくれたことが嬉しかった。

「お母ちゃん！」

呼びながら靴を脱ぎ捨て、部屋に駆け上がる。

次の瞬間、晶はその場に立ち尽くした。母が、こたつの上に突っ伏していたのだ。こっちに向いた顔は真っ青で、口からは涎が垂れていた。テーブルには小さな瓶が転がっており、錠剤が散乱している。ウイスキーのボトルとグラスも載っていた。酒といっしょに薬を飲んだのだ。幼心にも、母が自殺を図ったらしいとわかった。

震える足をなんとか動かして歩み寄り、肩に手をかける。

「お母ちゃん、お母ちゃん」

呼びながら身体を揺するが、反応がない。

死んでしまったのか、と思いながら鼻と口に手のひらを近づける。わずかに息が吹きかかった。晶は安堵（あんど）した。でも、このまま放っておいたら、本当に死んでしまうかもしれない。

――どうしたらいいんだろう。

母の背中をさすりながら、晶は考えた。近所付き合いはまるでないし、近くに頼れる大人はいない。

母の口から、苦しげな呻（うめ）き声が漏れた。身体も細かく痙攣（けいれん）を始めている。もう一刻の猶予もないと思った。

晶は、自分で１１９をダイヤルした。

2

――二〇一七年　五月

「晶ちゃん、起きて」

身体を揺すられ、晶は目を覚ました。

すぐには、自分が今どこにいるのかわからなかった。

「海だよ」

駿也が、車窓を指さす。

首を捻って窓の外に目を向ける。

「本当だ」

すぐそこに海が迫っていた。夕日を受けて、海面がキラキラ輝いている。

それで、今どこに向かっているのかを思い出した。

自分たちは、羽田から飛行機で鹿児島に着き、バスで川内駅に出て、「肥薩おれんじ鉄道」に乗り込んだのだ。

その変わった名前の由来は、列車に乗る前に、駿也が教えてくれた。「肥薩」は、熊本と鹿児島の昔の呼び方「肥後」と「薩摩」から一文字ずつ取って、「おれんじ」は、甘夏みかんなど柑橘(かんきつ)類の産地を通ることから付けられたらしい。名前の通り、オレンジのイラストが車両に描かれた、一両の可愛(かわい)らしい列車だ。

今は、海岸線に沿うように走っている。

生まれて初めて海を見たときのことを、晶は思い出した。

小学校三年生の夏休みだった。当時同居していた男が競馬で大穴を当てたとかで、車で銚子の海水浴場に連れて行ってくれたのだ。晶にとって初めての一泊旅行だった。

男の背中には刺青(いれずみ)があった。海の家の主人から肌を見せないでくれと言われた男は、シャツを着たまま、母と二人でずっと酒を飲んでいた。

買ってもらったばかりの水着を身に着けた晶は、二人から離れて海に向かった。周りは、家族連れや若者のグループ、カップルばかりで、ひとりきりなのは晶だけだったが、寄せては返す波に向かっていくのも、砂でお城を作るのも楽しかった。

空は晴れ渡っていて、水平線がきれいに見えた。このままあそこまで泳いでいけたらいいのにと思った。水平線の向こうに、新しい世界が広がっているような気がした。

旅館での夕食の席には、見たこともないようなご馳走(ちそう)が並んだ。

翌朝は、晶ひとりで海に出かけた。海の中には入らなかったが、海岸を散歩し、貝殻を拾い集めた。そして、飽きずに水平線を見つめた。

母は、家に帰るまでずっと上機嫌だった。二日にわたって一度も不機嫌な顔を見せなかったのは、後にも先にもこのときだけだ。

晶にとって、この一泊旅行は、辛(つら)い子ども時代の中で、唯一の楽しい思い出だった。

晶のすぐ横で、駿也がじっと海を見ている。

その表情からは、なんの感情も読み取れない。

――生まれて初めて見る鹿児島の海岸の風景を、駿也は、今、どんな気持ちで眺めているのだろう。

楽しい気分のはずはない。でも、駿也が大人になったときには、この日のことを笑って振り返ることができるようにしたいと思う。

ふと気づいて、晶は、腕時計に目を落とした。

目的の駅はもうすぐだ。

「降りる準備して」

駿也に向かって、晶は言った。

阿久根駅のホームに、列車がゆっくりと滑り込んでいく。

降車する客のあとについて、晶は、大きなキャリーケースを引きながら、客車の中を前方に向かった。晶の後ろには、大きな紙袋を抱えた駿也が続く。

〈左側のドアが開きます。ご注意ください〉

列車が完全に停止すると、野太い男の声が車内に響いた。アナウンスしているのは運転士のようだ。

前方にある運転席のドアが開き、中からごつい顔をした運転士が姿を現わした。歳(とし)は六十歳前後だろうか。修平の父親と同じぐらいの歳だなと、晶はぼんやり考えた。

学生のグループや、買い物袋を提げた中年女性、サラリーマンらしい男性などが、定期を見せ、切符を渡して列車を降りていく。

最後尾の晶は、ふと思いついて、横に立つ駿也を見下ろした。

「切符、もらっとく？」

駿也は、地方の鉄道の切符を集めるのが趣味なのだ。

「うん」

駿也がうなずく。しかし、その視線は、運転士の男のほうに向いている。

「記念に、いいですか？」

晶は運転士に声をかけたが、運転士のほうも、何故(なぜ)か、じっと駿也を見つめている。

「あの――」

「え？」

運転士は、やっと晶に目を向けた。

「切符を記念に――」

「あ、どうぞ」

慌てたように言い、ぎこちなく笑みを作る。

「ありがとうございます。行くよ」

ぐずぐずしている駿也の手を引くと、晶は列車を降りた。

3

晶が入所したのは、カトリック系の教会が運営する児童養護施設だった。

晶は、そこで生まれて初めて「シスター」と呼ばれる女性を見た。施設のすぐ近くに修道院があり、シスターたちが生活していたのだ。彼女たちは、頭にベールを被(かぶ)り、グレーの地味なワンピースを身に着け、胸には十字架のペンダントをぶら下げていた。

施設で暮らしているのは、二歳から十八歳までの、いずれも家庭に問題のある子どもたちだった。マンションのような外観の建物の中には、八人から十人が共同で生活する部屋が八つあり、それぞれの部屋を三人の保育士が担当した。シスターの中にも保育士の資格を持つ者がいて、一般から募った保育士に混じって彼女たちも子どもの面倒を見た。

保育士もシスターもやさしかった。ここでは、暴力を振るわれることはない。生活費の心配をしながら食料の買い出しに出かけることも、食事を作る必要もない。

小学校は転校したが、施設の子どもたちを昔から受け入れている学校ということもあってか、同級生からいじめを受けたり、差別されるようなことはなかった。友だちもできた。

集団生活ゆえの窮屈さはあるものの、施設での生活は、快適といってもよかった。だからこそ逆に、母に対する後ろめたさのような感情が募った。母は一命をとりとめたが、診察の結果、精神病院に入院していた。母を見捨てたような気持ちになることがあった。

施設に入って一年余りが過ぎ、中学校の入学式が間近に迫ったとき、入退院を繰り返していた母が、初めて面会に訪れた。

「お母ちゃん」

面会室に入ってきた母をひと目見るなり、晶はソファから立ち上がった。

母は痩せていた。顔色もよくなかった。でも、懐かしかった。

園長にうながされるまま、母は、向かいのソファに腰を下ろした。しかし、全く言葉を発しない。晶にもほとんど視線を向けない。

「元気だった?」

晶のほうから声をかけた。

しかし、反応はない。虚(うつ)ろな瞳を、晶の背後の壁に向けている。

「お母さん」

園長が会話を促した。

「ああ……」

ほんのわずか、晶に目を向ける。

しかし、その顔は能面のようだ。

母は、怒ることも悲しむことも、そして喜ぶこともやめてしまったのだと思った。

晶に対しても、おそらくなんの感情も持っていない。

もう母でも子でもないのだ、と晶は悟った。

――私を産んだこと、後悔してる？

晶は、ずっとそれを聞いてみたかった。

――後悔なんてしてないよ。

母には、そう答えてほしかった。

自分は誰にも望まれずに生まれてきたんだと、ずっと晶は思ってきた。母親の口から、そうじゃないんだと言ってほしかった。

でも、もう遅い。尋ねても、今の母は答えてくれないだろう。

結局、ひとこともしゃべらないまま、母は施設を出て行った。それが母との最後の対面になった。

母が病気で亡くなったのは、その二年後のことだ。

晶は、本当にひとりぼっちになった。

4

出水駅で列車を停止させ、乗客が全員降りたことを確認すると、奥薗節夫（おくそのせつお）は、自分の名前が入ったネームプレートを運転席の窓から引き抜いた。鞄（かばん）を手にホームに降り、待機していた交替の運転士と向かい合う。

何も異常がないことを伝え、敬礼を交わすと、節夫は歩き出した。

すでに日は暮れ、夜空には無数の星が瞬いている。足を止めて上空を仰ぎ、きれいな星空を見ながらホッとひとつ息をつく。

今日も、何事もなく一日の仕事を終えた。あとわずかに迫った定年の日まで、このまま無事に過ごせることを、節夫は星に祈った。

駅から出て、隣接する「肥薩おれんじ鉄道」の社屋に向かう。

指令室のカウンターで備忘表を提出し、次の勤務の確認書に判を押す。それで今日の勤務は終了だ。凝った肩をほぐすように、ゆっくり首を回しながらロッカールームに入り、私服に着替える。

会社を出ると、節夫は、自分の軽自動車に乗り込んだ。

自宅までは十五分ほど。街中から離れて真っ暗な道をしばらく進み、橋を渡る。左に折れると、川沿いの道の先に、ぽつんとひとつ二階建ての大きな家が建っている。父親の代から住んでいる古い日本家屋だ。

「ん？」

節夫は、思わず目を細めた。

ヘッドライトに照らされ、自宅前の道端に人が腰を下ろしているのが見えたのだ。女性と子どものようだ。

夜、自宅に客が訪ねてくることなどほとんどない。訝（いぶか）しく思いながら車庫に車を入れ、運転席から出る。

二人が近づいてきた。

「だい（誰）？」

立ち塞がるように目の前に立つ若い女性と男の子に、交互に目を向ける。暗がりでよく顔は見えないが、どこかで会ったような気がする。

「初めまして」

固い表情で女性が頭を下げた。

「修平さんの妻の、晶です。この子は駿也。お孫さんです」

「は？」

節夫は、驚きに目を見開いた。

息子の修平が一年前に再婚したことは、妹の幸江（さちえ）から聞いて知っていた。修平が十歳のとき妻を病気で亡くしてから、幸江は母親代わりをしてくれていた。節夫には一度も連絡してきたことはないが、叔母の幸江にだけは、今でもたまに近況を報告しているようだ。

ただ、幸江も再婚相手に会ったことはないらしい。もちろん、節夫も初めてだ。

節夫は、駿也を見下ろした。この子を産んだ直後に母親が亡くなり、その葬式でのトラブルがきっかけになって、修平とは絶縁状態になった。あれは九年前だ。

ということは、駿也は九歳ということになる。

晶に視線を戻す。再婚相手は修平より十歳年下らしいと幸江から聞いていたから、今、二十五歳ということだ。

しかし――、と節夫は思った。どうして突然訪ねてきたのだろう。しかも、修平本人の姿はない。

疑問が頭の中で膨らみ始めたとき――、

「あ、やっぱり！」

駿也が声を上げた。

「なに？」

晶が駿也に顔を向ける。

「ああ……」

節夫は気づいた。

二人は、阿久根駅で降りた乗客の中にいた。

あのとき、駿也をどこかで見たような気がしたのは、子どもの頃の修平に面差しが似ていたからだ。

「お父さん、ずっと前に、おじいちゃんは田舎で運転士をしてるって教えてくれた」

節夫に真っ直ぐ視線を向けながら、駿也は言った。

——そうか……。

だからこの子も、じっと自分の顔を見ていたのだ。もしかしたら祖父かもしれないと思ったのだろう。

「ああ、電車の」

最後に、ようやく晶が思い出した。

「お義父さん、運転士だったんですね」

晶は驚いている様子だ。

修平は、晶には、節夫の仕事のことは教えていなかったようだ。

それにしても、阿久根で列車を降りてからずいぶん時間が経っている。

「あのあと、ここまで?」

節夫が聞くと、住所はわかっていたからスマホの画面で地図を見ながら歩いて来たのだという。

節夫は眉をひそめた。

二人は、降りる駅を間違えている。ここから一番近い駅は、阿久根から二つ南の「薩摩大川」なのだ。阿久根駅からだと五キロ近く歩くことになる。

時刻はすでに九時近い。列車で二人を見てから、三時間近く経っている。

「とにかく、中へ」

二人をうながし、節夫は玄関に向かった。

家に入り、明かりを点けると、節夫は、「ちょっと待っていて」と二人に声をかけ、ひとりだけ座敷に上がった。

部屋の中に干してあった洗濯物を抱えて押し入れの中に放り込み、座卓の上に置きっ放しにしていたアイロンを片付け、座敷の隅に重ねていた座布団を二人のために敷く。

「どうぞ」

玄関に立ったままの晶と駿也に声をかけると、二人は、おずおずとした様子で靴を脱いだ。

「お邪魔します」

二人揃って、そろり、と座敷に足を踏み入れる。キャリーケースは玄関に置いたままだが、駿也は、大きな紙袋を手にしている。

「座って」

節夫は、座卓の前に並べた座布団を指し示した。自分は二人と向かい合って腰を下ろす。

晶は、うつむいて座卓の一点をじっと見つめている。話をどう切り出そうか迷っているように見える。駿也は、ぼんやりした顔つきで座敷の中を見回している。

節夫のほうも、何を話していいかわからなかった。突然の訪問の意図がまるで見えない。

「あ……、お茶じゃねえ」

沈黙に耐え切れず、節夫は立ち上がろうとした。

「あ、大丈夫です」

晶が顔を上げた。何かを決意した表情だ。

節夫がゆっくり腰を下ろす。

「晶ちゃん」

何か言おうと口を開きかけた晶の腕を、駿也がそっと叩(たた)いた。

「あ、そっか」

今初めて気づいた、というように、晶は、駿也の横に置いてあった大きな紙袋に目を向けた。

袋の中に両手を入れ、白い布に包まれた大きな箱のようなものを中から取り出す。高さは三十センチ以上あるだろうか。

晶は、それを座卓の上に載せ、節夫に向かって押し出した。

――土産か？

「ああ、すいません」

手を伸ばして包みを引き寄せる。かなりの重みがある。菓子折りというわけではなさそうだ。

晶は、じっとこっちを見つめている。早く開けて――、とその目が言っているように感じた。

節夫は白い布の結びを解いた。中にあったのは、やはり大きな箱だ。その蓋を取る。

節夫は息を呑んだ。入っていたのは陶器製の白い壺だった。

間違いない。これは、骨壺だ。

「こいは？」

晶に目を向ける。

「修平さんです」

なんの抑揚もない口調で、晶は告げた。

一瞬、全身が硬直した。

改めて骨壺に目を落とし、また晶に顔を向ける。

「死んだのか？」

「やっぱり」

ため息混じりにそうつぶやくと、晶は、怒ったような目で節夫を見た。

「留守電、全く聞いてないんですね」

「え？」

——留守電？

節夫は、座敷の隅に置いた電話台を振り返った。

　もう一ヶ月近く、固定電話は使っていない。全て携帯でことが済んでいるからだ。郵便物やチラシが上に載っているため、電話機本体も見えない状態になっている。

　立ち上がって歩み寄り、電話機の上に積まれたものを取り去る。

　留守電のボタンが点滅していた。手を伸ばし、ボタンを押す。

〈十件のメッセージがあります〉

　無機質な女性の声が言った。

　ピーッ、という音に続いて、一件目の再生が始まる。

〈突然すみません〉

　晶の声だ。その声音は、暗く沈んでいる。

　節夫が振り返る。晶は、険しい表情でこっちを見ている。

〈修平さんの妻の晶です。お伝えしたいことがあるので、一度ご連絡いただけませんか〉

　そこで一件目は終わった。

〈いろどり健康食品の中西（なかにし）と申します。本日は耳寄りな――〉

　慌てて先に送る。

　三件目――。

〈もしもし、晶です。あの……、修平さんが、亡くなりました。明日お通夜で、明後日がお葬式です〉

節夫は顔をしかめた。

四件目――。

〈さっきお通夜終わりました。――聞いてますか？〉

晶は、明らかに苛立（いらだ）っている。

五件目――。

〈いい加減にして！　なんで電話に出ないのよ！　それでも親なの⁉　なんとか言ってよ！〉

いつの間にか晶が横に来ていた。手を伸ばして受話器を取り上げ、それをフックに戻す。それで再生が止まった。このあとには、もっと酷（ひど）い言葉が続いているのだろう。

それにしても、まるで実感が湧かない。九年間も音信不通だったからか。あるいは、亡骸（なきがら）を見ていないからだろうか。

「いつ？」

首を捻って、晶を見る。

「ちょうど二週間前に、くも膜下出血で」

電話機に目を向けたまま、晶は答えた。

——二週間も前か……。

「住所がわかっちょるなら——」

電報でも手紙でも知らせてくれれば——、と言いかけ、節夫は言葉を呑み込んだ。幸江の話では、晶は、天涯孤独の身ということだった。まだ二十代半ばの若さなのに、頼れる親兄弟も親戚もなく、結婚したばかりの夫に突然先立たれてしまった。しかも、小学生の子どもまでいる。あまりの動揺で、電報や手紙にまで気が回らなくても当然かもしれない。

とにかくまず父親に連絡をしなければと思い、晶は、電話をかけ続けた。いつかは繋がるはずだと、それだけを考えていたのだろう。

晶は、肩を落として座卓の前に戻った。駿也はうなだれている。二人とも疲れ切っている様子だ。

「晩ご飯は?」

節夫が聞くと、

「いえ」

晶は首を振った。

「お腹減った」

力のない声で駿也がつぶやく。

座敷を出ると、節夫は、すぐ奥にある台所に入った。冷蔵庫に歩み寄り、冷凍庫のドアを開ける。ちょうど冷凍うどんが二つ入っていた。つけあげもある。

節夫は、すぐに調理にかかった。


よほどお腹が減っていたのだろう、うどんとつけあげを出すと、晶と駿也は、すぐにがつがつと食べ始めた。

しばらくの間様子を見ていたが、ひとつため息をつくと節夫は立ち上がった。玄関に置いたままになっていたキャリーケースを座敷に運び入れ、自分のバッグから携帯を取り出す。

台所で、節夫は、幸江に電話をかけた。

幸江は、薩摩川内市内のマンションに住んでいる。娘と息子はすでに結婚して家を出ており、今は夫と二人暮らしだ。

〈どげんしたの兄さん、こげな時間に〉

電話に出ると、いきなり幸江は言った。

二十キロほどしか離れていない場所に住んでいるのに、普段は、会うことも、電話で話すことも、ほとんどない。突然の電話に驚いている様子だ。

「ちょっと、今から来られんか？」

座敷の二人に目を向けながら言った。

〈ないごて？〉

身体を反転させて座敷に背を向けてから、

「修平が、け死んだらしか」

わずかに声をひそめて告げる。

〈アハハ――〉

幸江は、声を上げて笑った。

〈冗談な、よしてよ〉

「わざわざ電話して、そげな冗談言うち思うか？」

一瞬の沈黙のあと、

〈んにゃ、ホントけ？〉

緊張した声音で聞き返す。

「嫁が来ちょっ。子どんといっしょに」

〈嫁って……〉

　今度は、戸惑ったような声。

〈一年前に再婚した、若い奥さん？〉

「じゃっど（そうだ）」

〈わかった。今からそっち行くが〉

「すまん」

　座敷に向き直る。

「んにゃ、待て」

　あっという間にうどんとつけあげを平らげた二人が、目を閉じ、肩を寄せ合うようにして座卓に突っ伏していた。

「明日でよか」

　今日はこのまま休ませたほうがいいだろう。

〈明日？〉

「ああ。明日、また連絡する」

〈わかった〉

「ならな」

　節夫は携帯を切った。

　そっと座敷に戻る。二人は、すやすやと寝息を立てている。

　座卓を片付け、座敷に布団を敷いて寝かせようと最初は思ったが、それだと、朝の出勤前のバタバタで起こしてしまうかもしれない。二階のほうがゆっくり寝ていられるだろうと節夫は判断した。

　足音を忍ばせて座敷を通り抜け、玄関横にある階段を上がる。普段は使っていない二階奥にある六畳の和室を片付け、二つ並べて布団を敷いた。布団は少し黴臭いが、今夜は我慢してもらうしかない。

　座敷に戻って二人を起こすと、晶は、駿也をパジャマに着替えさせ、歯を磨かせ、トイレに行かせて、二階に連れて行った。それから自分も寝支度をし、きちんと節夫に挨拶してから、階段を上がっていった。

　ぽつんとひとり残されると、修平を亡くしたという事実が、実感として節夫の胸を襲った。

5

夢を見ていた。


晶は、キッチンで夕食の支度をしている。

さっきまでコタツで宿題をしていた駿也は、いつの間にかテーブルに突っ伏して居眠りを始めている。

そこに修平が、外出先から帰って来る。

おかえり、と声をかけようとした晶を、唇に人差し指をあてて制すると、修平が、背後からそっと駿也に近づく。そして、脇の下に手を入れてくすぐり始める。

駿也が、ゲラゲラ笑い声を上げ、「やめてよ」と言いながら身悶え（みもだえ）する。包丁を置いた晶も、修平のマネをして駿也の脇をくすぐる。

駿也と修平が畳の上を転がる。晶も加わる。

大声で笑いながら、三人がゴロゴロ転げ回る。

三人で買い物に出かけた夕方――。

駿也を真ん中に挟んで、晶と修平は、並んで商店街の中を歩いている。

引っ込み思案で内気な駿也は、修平と手を繋ぐことはあっても、晶とはまだ一度もない。

その日も、駿也は、左側にいる修平に手を伸ばす。お父さん子だなあとあきれながら、晶は見て見ぬふりをする。

すると、何かが晶の左手に触れる。驚いて見下ろすと、駿也の右手が自分の左手に伸びている。

晶は、その小さな手をしっかり握る。

駿也と繋いだ手を、晶が大きく振る。修平も振る。駿也は、照れくさそうに笑っている。

晶が横を見る。修平の目に涙が光っている。

胸が熱くなる。こぼれ落ちそうになる涙を、唇を嚙(か)みしめてなんとか堪(こら)える。

自分たちは家族なんだ、やっと自分に訪れた人生のご褒美なんだ、と晶は思う。

喉の渇きで目が覚めた。

一瞬、ここがどこなのかわからなかった。住み慣れたアパートの部屋ではなく、嗅いだことのないにおいがした。横を見ると、駿也が寝息を立てている。それで、鹿児島の義父の家に来たことを思い出した。

薄いカーテンを通して、星明りが窓から差し込んでいる。それでも部屋は暗い。闇に目が慣れるまで、しばらくの間じっとしていることにした。

天井を見ながら、昨夜のことを思い返す。

節夫に骨壺を見せ、留守電を聞き、うどんとつけあげを食べ――、駿也に寝支度をさせた。それからのことは、頭に靄がかかっているようで定かではない。ただ、この部屋に入って電気を消したことだけは、かろうじて覚えている。そのあと、すぐに眠り込んでしまったのだろう。

義父のことを考えた。

修平の死を知っても、節夫は悲しまなかった。涙を流すでもなく、言葉に詰まるでもなく、ずっと冷静なように見えた。

修平からは、前の奥さんが亡くなったときトラブルになって以来、一度も義父に連絡をしていない、と聞いていた。親子の縁を切ったとも言っていた。

でも、晶は、本当は修平が父親と仲直りをしたいと思っていたことを知っている。

直接口には出さなかったが、故郷の鹿児島や子ども時代の思い出を話すときの態度でわかった。意地を張っていただけだったのだと思う。

晶は、節夫も修平と同じ気持ちなのだと想像していた。自分との結婚が、二人が仲直りをするきっかけになってくれればいいとも思っていた。でも、もしかしたら、とんだ思い違いをしていたのかもしれない。

節夫のほうは、本当に親子の縁を切ったつもりでいたのかもしれない。自分の母親と同じように、子どもに愛情など持っていないのかもしれない。

——だとしたら、ここに来たのは間違いだ。

息子の死をなんとも思っていない父親に助けを求めることなど、できるわけがない。明日には、ここを出て行かなければいけないかもしれない。

大きくひとつ息をつくと、晶は布団を抜け出した。駿也を起こさないようにそっと襖(ふすま)を開け、廊下に出る。

階段の明かりは点いていた。足音を忍ばせて階下に降り、真っ暗な座敷に足を踏み入れる。

台所に向かいかけたところで、晶は、ぎょっとして足を止めた。

座卓の前に黒い影があった。こっちに背を向けて、節夫があぐらをかいて座っているのだ。座卓の上には骨壺が置かれている。

節夫の背中は丸まり、身体は右に傾いている。同じ姿勢のままぴくりとも動かない。

微かに、洟をすする音が聞こえる。泣いているのだ。

胸の鼓動が速まった。ますます喉が渇いてくる。

気配を感じたのか、節夫が振り返った。闇を通して、目が充血しているのが見えた。

「あの……、喉が渇いて……」

言い訳するように口を開く。

「ああ」

それだけ言うと、節夫はまた背中を向けた。

足早に台所に入り、テーブルに置いたままになっているグラスを手に取る。蛇口から水を注ぎ、ひと息で飲み干す。

心臓は、まだ早鐘を打っている。

「おやすみなさい」

座敷を出るとき声をかけると、

「おやすみ」

かすれた声で返事があった。

二階に戻り、布団に入っても、なかなか寝付くことができなかった。今見たばかりの節夫の背中が、何度も脳裏に浮かんだ。

空が白み始めた頃、晶は、ようやく眠りに落ちた。

誰かに身体を揺すられている感覚はあったが、目を覚ますことはできなかった。久し振りに、晶は、泥のように眠った。

6

定時制高校に入学すると、晶はアルバイトに精を出すようになった。自立するための資金にするつもりだった。郵便局の仕分けや、スーパーでの総菜詰め、ガソリンスタンドやファミレスでも働いた。

高校卒業時には、正社員として働ける会社を探した。でも、世の中は不景気で、定時制高校卒で身寄りのない女性を正社員として雇ってくれるのは、労働条件の悪い会社に限られていた。仕方なく当面はフリーターとして働くことにし、晶は、施設を出てひとり暮らしを始めた。

　高校時代の友人から、キャバクラで働かないかと声をかけられたのは、ちょうど二十歳の誕生日を迎えたときだった。人手が足りなくて困っているのだという。

　その友人の収入を聞いて驚いた。彼女の月給は、晶の三ヶ月分の給料より多かった。しばらく迷ったものの、晶は承諾した。とりあえず手っ取り早くお金を稼ぎ、空いた時間で将来役に立つ資格を取るための勉強をしようと思った。

　愛想笑いは、小さい頃から得意だ。人の顔色をうかがいながら話を合わせる処世術も、学生時代に身に着けていた。客の年齢当てゲームで場を盛り上げ、おやじの下ネタ話に笑い転げ、会社の上司や妻の悪口には、膝を乗り出して相槌（あいづち）を打った。

　ケバい化粧のホステスが多い中、童顔で愛嬌（あいきょう）のある狸（たぬき）顔の晶は、その素人っぽさがウケたのか、瞬く間に人気者になった。

　数ヶ月でやめるつもりが、店長から懇願され、仕事を続けることになった。誰かに必要とされていることが嬉しかった。

　晶は、六畳ひと間のアパートから、２ＤＫの賃貸マンションに引っ越した。資格を取ることなど頭の隅からも消えていた。

同じ店でボーイとして働いていた男と同棲を始めたのは、入店して一年近く経った頃だった。店の仲間と飲んだ帰り、なんとなく意気投合してホテルに行き、翌週には、男がマンションに転がり込んできた。

恋愛感情は数ヶ月で終わったが、関係はずるずると続いた。

半年後――。いっしょに暮らすことに耐えられなくなり、出て行ってほしいと頼むと、なんと男は、店の売上金を奪って逃げた。

同棲していた晶はグルだと疑われた。それまでちやほやしてくれた店長も、いっしょに遊ぶことが多かった同僚の女性たちも、手のひらを返したように晶を非難した。施設育ちであることを持ち出して、差別的な言葉を投げつける店員もいた。

結局、多額の罰金を支払わされた上で、晶は店を追い出された。

晶は、自分が本当は誰にも必要とされていなかったのだと悟った。情けなくて悲しくて、自暴自棄になった。

生活は荒れた。昼は部屋から一歩も出ず、夜になると歓楽街に出かけて明け方まで呑み続けた。金がなくなると、知り合いに頼んでガールズバーのヘルプに入った。身も心もボロボロになっていた。なんの希望も持てず、いつ死んでもいい、とさえ思った。

母と同じように、自分も、誰にも看取(みと)られずに寂しくこの世を去るのだと思った。

7

目を覚ましたとき、部屋の中にはまばゆい光が差し込んでいた。

横を見る。駿也の姿はない。布団はきれいに畳まれている。枕元に置いた腕時計に目をやると、すでに十時を回っている。

晶は跳ね起きた。

「駿也！」

名前を呼びながら襖を開け、廊下に飛び出す。返事はない。

階段を降り、座敷に入る。台所にもいない。

外に行ったのかと思い、玄関を見ると、駿也のスニーカーはそのままになっている。

洗面所とトイレも見たが、姿はない。

「駿也、どこー？」

呼びながら二階に戻った。

自分たちが寝ていた和室の手前の部屋の襖が、わずかに開いていた。襖に手をかけて大きく開き、中に入る。

そこがかつて誰の部屋だったのか、すぐにわかった。

壁には列車の写真が何枚も貼り付けられ、窓際に置かれた大きなテーブルの上には、鉄道模型が載っていた。

東京の美大に合格して実家を離れるまで、ここは修平の部屋だったのだ。おそらく、そのときのままにしてあるのだろう。

部屋を奥に進み、鉄道模型の前に立つ。

「ジオラマ」というのだろうか、ビルや山やトンネルや鉄橋があり、そこを通り抜けるようにしてレールが一周している。精巧に作られた列車の模型が、トンネルの前にあった。

壁際には、寝台車とそっくりな二段ベッドがある。ひとりっ子なのに二段ベッドというのも変だが、おそらく鉄道マニアの修平がねだったのだろう。下のベッドには、やはり寝台車のようなカーテンが取り付けられている。カーテンは、今はぴったり閉ざされていた。

部屋の真ん中に立って、改めて見回してみる。

壁に貼られた写真からも、鉄道模型からも、寝台車のようなベッドからも、修平の気配が滲み出している。それだけではない、この部屋からは、修平に対する両親の愛情の深さも感じられる。

修平は愛されて育ったのだ。だから、修平は駿也にも深い愛情を注いだ。そして、晶のことも愛してくれた。

――修ちゃん……。

心の中で名前を呼ぶ。

涙がこぼれそうになるのを、唇を噛みしめて堪えた。

そのとき、寝台ベッドのカーテンの向こうで、何かが動く気配がした。そっと近づき、いきなりカーテンを引き開ける。

駿也が、中で寝そべっていた。

「何よ、こんなとこにいたの」

「バレちゃった」

晶を見上げて笑う。

「私も」

笑みを返しながら、晶が駿也の横で仰向けになる。

天井に、列車の絵が貼ってあった。

「ブルートレイン。お父さんの絵だよ」

「うん」

画用紙の下に、「Syuhe.i」というサインと「1991」という数字が入っている。二十六年前、修平が九歳のとき——、今の駿也と同じ歳で描いたということだ。イラストレーターをしていただけあって、子どもが描いたとは思えないほど上手だ。

「これ」

駿也は、手に持っていたキーホルダーを晶の目の前で振った。鎖の先に、電車の絵が彫られた大きめのコインのような飾りが付いている。金属製の、相当古いものだ。

「さっき、机の引き出しの中で見つけた。もらっていい？」

「もちろん」

修平の形見だ。駿也が持っていてくれれば、天国の修平も喜ぶだろう。

「やった」

嬉しそうに笑うと、駿也がズボンのポケットにそれをしまう。

「あ、それから……、おじいちゃんがね、お昼前頃に電話するからって。できれば、布団を干しておいてほしいって」

「もしかして、おじいちゃん、私のこと起こしにきた？　私の身体、揺すったりした？」

「それ、僕」

「駿也が？」

「うん。でも晶ちゃん、全然起きなかった。おじいちゃんは、好きなだけ寝かせておいたらいいからって」

「朝ごはんは？」

「おじいちゃんが、トーストと目玉焼き、作ってくれた」

「そうなんだ……」

そのとき自分は眠りこけていたのだ。穴があったら入りたい気分だ。

「これ」

ポケットから一万円札を出す。

「おじいちゃんが、お昼ご飯はこれで何か食べろって。駅のほうに行けばレストランとかもあるからって」

「うん、わかった」

お金を受け取り、パジャマのポケットにしまう。

また、昨夜の節夫の姿を思い出した。

あんなに寂しげな男の人の背中を見たのは初めてかもしれない、と晶は思った。

8

節夫は、自宅に急いだ。早く帰るつもりだったのだが、急にひとり欠員が出たため残業することになってしまい、時刻はすでに十一時近い。

車庫に車を入れ、足早に玄関に向かう。

「ただいま」

ガラガラと音を立てて引き戸を開けると、座敷から小走りに幸江が姿を現わした。

今日遅くなることを伝え、夕方から来てもらっていたのだ。昼前にかけた電話で、幸江のことは晶に伝えていた。

「二人は？」

靴を脱ぎながら節夫が聞く。

「上――。子どもを寝かせとる」

「ないか話したか？」

「ううん」

　幸江は首を振った。

「詳しかことはないも。子どもが寝てから、兄さんと三人で話したほうがよかて思うて」

「すまんな」

　玄関に上がったとき、階段を降りてくる足音が響いた。

「お帰りなさい」

　晶が挨拶する。

「ああ、ただいま。子どもは？」

「今、寝たところです」

　昼の電話で、晶は、今日駿也を修平のベッドで寝かせていいだろうか、と聞いた。もちろん構わないと節夫は答えた。今頃駿也は、あの寝台車のベッドで眠っているのだろう。

「今から、話でくっか（できるか）？」

節夫が声をかけると、晶は深くうなずいた。

三人で座敷に入り、座卓を挟んで向かい合って腰を下ろす。

「修平くんが亡くなったときのことやけど」

すぐに幸江が口を開いた。今までずっと、聞くのを我慢していたのだろう。

「いったい、何が原因やったと？」

「はい」

晶はうつむき、唇を噛んだ。

「家で仕事してるときに、急に胸が苦しくなって……、救急車を呼んだんです。自分で」

「そいで？」

「そのとき私、バイトしてて……。急いで病院に駆けつけたら、修ちゃん、全然元気で。笑ってたんです。ごめんごめん、もう大丈夫だからって……。私、その顔見たら安心して、びっくりさせないでって……、その日は帰ったんです。駿也も帰ってくるし、また明日来るねって。そしたら明け方に電話があって……、くも膜下出血で……、そのまま」

晶の目に涙が光った。幸江も目頭を押さえている。

節夫は、目を閉じ、腕を組んだ。昨夜のうちに出尽くしたのか、涙はもうこぼれなかった。ただ、言いようのない虚しさが胸に湧いた。

「わざわざ遠かとこいを（遠いところを）、ありがとうね」

ティッシュボックスから数枚引き抜き、目頭を押さえると、涙声で幸江は言った。

「そいで――」

ティッシュから顔を上げる。

「こいからどげんするの？」

「はい」

晶は、突然、身体ごと節夫のほうに向き直った。姿勢を正し、真っ直ぐ視線を向ける。

「しばらく、ここに居させてもらえませんか」

畳に額がつくかと思うほど深く、晶は頭を下げた。

「は？」

節夫が目を細める。

「東京のアパート、出て行くように言われてて……」

「なんで？」

幸江が驚いた声を上げる。

「家賃、払えてないんです。借金が苦しくて」

「借金⁉」

節夫は眉をひそめた。

「修ちゃん、騙（だま）されたんです、仕事仲間に」

「え？　どういうこと？」

幸江が小首を傾（かし）げる。

「仕事って、イラストレーターだよね」

「半年前に、仲間と事務所を設立するって話があって、準備してたんですけど……、相手の人、修ちゃんが用意したお金持って逃げちゃって……」

「それは……、大変」

幸江が横目で節夫を見る。

あまりに予想外の話の展開に、節夫はついていけない。しかし、考える間もなく、幸江が口を開く。

「駿也くんのことは、どうする気？」

「どうするって……」

「だってあん子は、あんたの子じゃなかわけでしょ？」

「私の子です！」

晶は大声を出した。

節夫と幸江が、顔を見交わす。

「私、修ちゃんと結婚するとき、駿也のお母さんになるって決めたんです！」

晶は必死の形相だ。どんなことがあっても駿也とは離れないと決意しているということか。ただ、童顔で背も低い晶は、どこから見ても駿也の姉にしか見えない。

「お母さんねえ……」

幸江も同じ気持ちなのだろう、しげしげと晶を見ている。

「気持ちはわかるけど、どげんして育てていくつもり？」

「仕事探します」

「仕事っちいうてん、ねえ……。バイトじゃダメっちことは、わかるわよね？」

「どこかないですか？」

「なかよ、田舎じゃもん」

晶は肩を落とした。さっきまでの威勢のよさはどこへいったのか、背中を丸めてしょげ返っている。

どうする？　――というような顔で、幸江がこっちを見る。

「仕方なか」

行くところがないのなら、ここで暮らすしかないだろう。

「ここに住めばよか」

晶に向かって、節夫は言った。

9

運送会社の軽トラックがやって来るのが、二階の駿也の部屋の窓から見えた。今か今かと到着を待ちながら部屋の掃除をしていた晶と駿也は、トラックが見えた途端、揃って階段を駆け降りた。サンダルをひっかけ、玄関から飛び出していく。

二人はいったん東京に戻り、節夫から借りた金で、滞納していた三ヶ月分の家賃を払った。そして、すぐに引越しの手続きをして、鹿児島にとんぼ返りしていた。

運転席から降りてきた男と挨拶を交わすとすぐ、トラックの後ろに回った。荷台には、十個足らずのダンボール箱が積み重ねられている。家具などは全部処分してきたので、荷物はわずかだ。

――今日から本当に、ここで新生活が始まる。

晶は、大きく一度深呼吸した。

東京と埼玉で生まれ育ち、児童養護施設を出たあとはずっと東京で生活していた晶にとって、田舎暮らしは初めてのことだ。これからどんな生活を送ることになるのか、想像できない部分が多い。そしてそれは、駿也も同じだ。晶以上に不安は大きいだろうと思う。

でも、今は、ここにしか二人の居場所はない。

「さあ、やるよ！」

晶は、腕まくりしながら声をかけた。

「うん」

横に立つ駿也がうなずく。

運送会社の男と三人で、ダンボール箱を次々に家に運び入れていく。玄関に荷物を運び終えると、男は帰っていった。

箱の横にマジックで書いた名前を見ながら仕分けし、駿也と晶が、それぞれに与えられている二階の部屋に運ぶ。修平の形見であるイラストレーターの仕事道具は、駿也の部屋に持ち込んだ。

自分の分の荷物を六畳の和室に置くと、晶は、携帯電話を片手に、駿也の部屋に入った。

駿也は、修平の仕事道具を机の上に並べていた。自分も絵を描くのが大好きな駿也は、これからは父親の道具を使ってイラストを描こうと思っているようだ。机の前の椅子には、修平が愛用していた半纏(はんてん)までかかっている。

晶は、アパートの修平の仕事部屋を思い出した。寒い日の夜には、半纏を着た修平が、背中を丸めてイラストを描いていた。晶がコーヒーを持っていくと、「ありがとう」と言いながら、とびきりの笑顔を向けてくれた。

「晶ちゃん」

駿也の呼ぶ声で我に返った。

「大丈夫？」

よほどぼんやり突っ立っていたのだろう、駿也が心配そうな顔を向ける。

「ごめんごめん」

晶は笑顔を作った。

「駿也、これ」

言いながら、手にしていた携帯を差し出す。

「修ちゃんの携帯。駿也が持ってて」

「いいの？」

「うん」

「やったあ！」

携帯を手に取り、駿也が歓声を上げる。

「よし、早くやっちゃおう」

机の横に置かれたダンボール箱の前にしゃがむと、晶は、勢いよくガムテープを剝がした。

不意に、大宮の団地に引っ越したときのことが頭に甦った。まだ小学校に上がる前のことだからおぼろげな記憶しかないが、母に怒鳴られながら段ボール箱の中の荷物を出した。これからの生活が不安で怖くて、ずっとべそをかいていた覚えがある。

頭を振って、母の顔を頭から追い払う。

母とのことなど、本当は思い出したくはない。なのに、修平が亡くなってから、胸の底から湧き出るように様々な記憶が甦ってくる。

今の自分の姿が、母と重なるからかもしれない。

突然夫がいなくなり、子どもと二人きり残されてしまったのだ。今の自分の状況は、母と似ていると思う。将来への不安は計り知れない。

ただ、晶には修平の父親の存在がある。頼れる人がいる。そして何より、修平に愛されたという記憶がある。それが、今の自分の生きる力になっている。

母の場合、頼れる人はどこにもいなかった。晶が知る限り、心から愛した人も、誰かに愛されたこともなかった。

晶は初めて、母に同情した。可哀そうな人だと思った。そして、少しだけ感謝した。酷い母親だったが、生まれたばかりの自分を、たったひとりで育ててくれたのだ。生活の苦労は並大抵ではなかったはずだ。

——でも、母は私を愛してくれなかった。

自分は母とは違う、と晶は思う。

血が繋がっていないとはいえ、駿也は、心から愛した男の子どもなのだ。だから、愛おしい。離れたくない。

この鹿児島で、自分と駿也は、新しい人生をスタートさせる。

——きっとうまくいく。

晶は自分に言い聞かせた。

10

乗務を終え、出水駅を出て社屋に向かって歩いていたとき、運輸部長の相羽（あいば）が向こうからやって来た。

「ああ、ちょうどよかった」

手を振り、愛想笑いを浮かべながら節夫に近づく。

「奥薗さん、ちょっとよかですか？」

「ああ」

節夫は立ち止まった。

「この間ん話ですけど、もういっど考え直してもらえませんか？」

「またそん話か」

うんざりした顔で、節夫がため息をつく。

「今どき六十歳で退職するほうが珍しかですよ」

確かにそうかもしれない。でも、修平が進学のために家を出て行ってからもう十五年以上、仕事先と家を往復するだけの生活が続いている。充分な蓄えもあるし、残り少ない人生、何か違ったことを始めてもいいのではないかと節夫は思っていた。

ただ、今は、以前とは事情が変わってしまった。当分の間、晶と駿也の面倒は自分がみなければいけないのだ。節夫は、少し迷い始めていた。

「人出が不足しちょるんです。奥薗さんみたいなベテランは、貴重な存在やっとです」

相羽は、両手をこすり合わせるようにしている。運転士の不足は深刻なようだ。

「運転士が足らんければ、育てればよかじゃろ」

定年を延ばしても、働ける年数には限りがある。若い運転士を育てるのは会社にとって急務なのだ。

「募集はかけてます」

相羽はあきらめない。

「じゃっどん、すぐには使い物にならんでしょ？　せめてその間だけでも――」

「また、調子んよかこつば言うて……」

苦笑いしながら歩き出す。

「仕事辞めて、どげんすっとですか？」

すぐに相羽が、節夫の横に並ぶ。

「やることあっとですか？　趣味なんかなかですよね」

「庭いじりとか、すっとよ」

「本気で言うてます？」

「まあ、こいからゆっくり考ゆっとよ」

相羽は、先生に怒られた生徒のようにしょんぼりと肩を落とした。ちょっと可哀そうな気もしたが、あまり期待されても困る。

自分のことより、今日は他に気になることがあった。今頃、晶と駿也は、新しい小学校に挨拶に行っているはずなのだ。都会っ子の駿也が、こんな田舎の学校に馴染めるものか、節夫は心配していた。

――まあ、なるようにしかならんか……。

まだ何か言いたそうな相羽に向かって、じゃあ、というように手を上げると、節夫は、足早に社屋に向かった。

11

駿也の担任は、「佐々木ゆり」という、やさしそうな若い女性教師だった。頭の固そうな年配の男性教師でなくてよかったと、まず晶はホッとした。

小学校は一学年ひとクラスで、各学年とも三十名ほどの児童しかいないという。ゆりは、学級担任というより、小学校四年生の担当ということになる。

これから駿也が勉強することになる校舎二階の教室で向かい合って座ると、こっちに引っ越してくるまでのいきさつを、晶は、かいつまんで説明した。ゆりは、途中ひとことも口を挟まずに最後まで聞いてくれた。

ただ、その表情が少しずつ険しくなっていったことに、晶は気づいていた。本気で心配してくれているのだとわかったが、あまり深刻に受け止めてほしくなかった。ごく普通の児童として、駿也に接してほしかった。

駿也は、ひとりで教室の外にあるベランダに立ち、運動場を見下ろしていた。すでに下校時間が近く、児童たちがグループを作って帰っていく姿が見えている。

「これから大変ですね」

駿也の後姿に目を向けながら、ゆりは漏らした。

口調が暗い。やっぱり深刻に考えているようだ。

「先生、歳(とし)当てていいですか？」

いきなり晶は言った。ゆりの笑顔が見てみたいと思った。

「え？」

ゆりが、驚いた表情で晶を見る。

「うーん……」

腕を組み、机の前に身を乗り出すようにしてゆりの顔を見つめる。

「二十五」

晶は断言した。

「あ、はい」

ゆりが目を丸くする。

「当たり⁉」

「はい」

晶は、どや顔で胸を張った。

「昔、お店でよくやってて、結構当たるんです」

「はあ……」

「同じ歳ですね、私たち」

実は、半分は、自分と同じ歳ならいいなと思って言ったことだった。本当に同じ歳で、晶は嬉しかった。

晶の笑顔につられたのか、ゆりも微笑(ほほえ)んでくれた。可愛い笑顔だった。彼女になら、駿也のことを何でも相談できそうだと思った。

面談が終わり、教室の前の廊下でゆりと挨拶を交わすと、晶は、駿也と並んで歩き出した。

まだ校内に残っていた数人の女子児童が、廊下の先に集まり、こっちを見ながらひそひそ話をしている。どうやら同級生らしい。なんだか楽しそうだ。駿也はなかなかのイケメンだから、興味津々なのだろう。すぐに人気者になれそうだ。

ゆりもいい人のようだし、これなら心配はいらないかもしれない。あとは、自分のことだ。なんとしてでも、ちゃんとした仕事を見つけなければいけない。

嫌がる駿也の手を強引に握ると、晶はぶんぶんと腕を振り回した。女の子のグループが笑っている。照れ臭いのだろう、駿也は、顔を真っ赤にしながらうつむいている。それでも構わない。もっと大きく腕を振る。駿也はあきらめ顔だ。

亡くなった修平のためにも、この子のいい母親にならなければ、と改めて晶は思った。

12

校舎の背後に延びる坂道を、晶と駿也は並んで上った。丘を越えるのが家への近道なのだ。

「学校、どう？」

うつむいたまま歩いている駿也に声をかける。

「別に……」

気のない返事。

「東京のほうがいい？」

黙って首を振る。

まだクラスメイトと会ってもいないし、授業を受けたわけでもない。この質問はちょっと早かったかな、と晶は反省した。

問題は、いい友だちができるかどうかだが――、東京の小学校に通っているときも、駿也にはそれほどたくさん友だちがいたわけではない。どちらかというと、家に引きこもってひとりで絵を描いていることのほうが多かった。

ただ、この田舎の学校では、子ども同士の付き合いは、都会より濃密にならざるを得ないだろう。少し心配な面はある。

「晶ちゃんは？」

それまで下を見ていた駿也が、顔を上げて聞いた。

「東京と、ここと、どっちがいい？」

「私は、駿也といっしょだったらどこでもいい」

「ふうん……」

駿也が、探るような視線を向ける。今の言葉が本当かどうか、確かめるかのように——。いっしょに暮らし始めて一年ちょっとしか経っていないのだ。まだ駿也は、百パーセント晶を信頼してくれているわけではないのかもしれない。

でも、それは晶の本心だった。駿也といっしょに生活できるのなら、場所はどこでもよかった。

坂の上には、小さな神社がある。赤い鳥居の前に立って見下ろすと、山の向こうに真っ青な海が見えた。

「気持ちいいね」

晶が大きく伸びをする。

そのとき、カンカンカン――、という踏切の警告音が聞こえてきた。

「あ！　あれ！」

音のするほうに目を向けた駿也が、眼下を指さした。山裾を縫うように線路が延びており、そこに一両だけの列車が走っているのが見えた。車体に「くまモン」のイラストが描かれている。

「おーい！」

駿也が大きく両手を振る。

「おーい、おーい！」

飛び跳ねるようにして、晶も手を振る。

「運転、おじいちゃんかな」

駿也は、列車の運転席にじっと目を向けている。

「うそ？　見える？」

「んー、わかんない」

駿也は肩をすくめた。楽しそうだ。

「一両だけの電車って、なんか可愛いな」

ゆっくりと遠ざかる列車を目で追いながら、晶は言った。

「電車じゃなくて、気動車」

すぐに駿也が訂正する。

「おれんじ鉄道は、ディーゼルで動いてるから」

「そうなの？　なんか車みたい」

「晶ちゃんでも、運転できるんじゃない？」

「は？　私が？」

晶は目を丸くした。

「いやいや、無理でしょ、それは……。出来るわけないじゃん」

「そっか……。出来ると思ったんだけどな」

駿也は、本当に残念そうにつぶやいた。

そうか——、と晶は思った。今まで考えたこともなかったが、節夫のように自分も運転士になったら、駿也はとても喜んでくれるに違いない。絶対に運転士になれないと決めつけるのは早いかもしれない。

——でも、どうやったら運転士になれるのだろう。

自立するために何か資格を取ろうと考えたことは何度もあった。

保育士、美容師、医療事務、介護士、歯科助手、簿記三級——。定時制高校に通

っているときから、いくつもパンフレットを取り寄せて、自分に合うものがないか調べた。でも、どんな資格を取るのにもお金と時間がかかる。

キャバクラで働くことを決めたのも、お金を稼いで資格を取るための勉強をしたかったからだ。ずるずると仕事を続け、その結果ボロボロになり、資格のことなど完全に頭から抜け落ちてしまっていたが、今からでも遅くないかもしれない。

駿也と並んで歩き出しながら、晶はスマホで検索を始めた。「運転士」「資格」と入れ、少し考えてから「肥薩おれんじ鉄道」を追加する。

「あ！」

検索結果を見た晶は、思わず声を上げた。

「なに？」

駿也が驚いて晶の顔を見上げる。

「今、おじいちゃんの会社で運転士を募集してる」

応募資格は、「高校卒業以上の学歴を有し、年齢は二十五歳くらいまで」

「私でも応募できるみたい」

「本気？」

駿也が目を丸くする。

「あ、でも——」

晶は顔をしかめた。

——募集の締め切りは昨日だ。

節夫に頼んでみようかと一瞬考え、いや、これは自分自身の問題なのだから、と思い直した。

晶は、すぐに問い合わせ先の番号に電話をかけた。

13

会議室では、運転士の面接試験が行なわれていた。

面接官は、「肥薩おれんじ鉄道」の社長と運輸部長の相羽。それに、運転士を代表して節夫も同席している。テーブルの中央に社長、その両隣に相羽と節夫。質問は主に相羽がしている。

目の前には応募者の履歴書が重ねてあるが、節夫は、人物だけで判断したいという理由で、書類はいっさい見ないようにしていた。学歴も職歴も、これから運転士になろうとする者にはほとんど関係がない。乗客の命を預けるのに足る人物かどうか、節夫の判断基準はそれだけだ。

　これまでの応募者の中には、残念ながらこれといった人物はいなかった。おどおどするだけでまともに話せない者、やたらに自己アピールばかりまくしたてる者、就職試験のマニュアル通りの答えを繰り返す者、鉄オタを隠そうともせず、やたらに知識をひけらかそうとする者など。

　節夫は、リストに載っている全員の名前に×印を入れていた。横に座っている相羽が、それを見て鉛のようなため息をつく。社長も渋い表情だ。

「リストには載っちょりませんが、もうひとり」

　応募者が部屋を出て行くと、相羽が言った。

「急きょ追加で応募があったんですよ」

「おお、そうか……」

　それはよかった、というように社長がうなずく。

　追加の応募者に、社長は最後の望みをかけているようだ。節夫が辞める前に、なんとしてでもひとりは採用したいと考えているのだろう。

「次ん方、どうぞ」

　ドアに向かって、相羽は声をかけた。

ノックの音に続いて、失礼します、という女性の声が聞こえた。

――女性か……。

珍しいな、と思いながら、節夫は湯呑(ゆのみ)に口をつけた。

紺色のリクルートスーツを着た若い女性が入ってくる。

ひと目見るなり、節夫は、思わずお茶を吹き出した。

晶だった。

応募のことはひとことも聞いていない。今朝家を出るときも、いつも通り、何も変わったことはなかった。

ただ、運転士の募集について、数日前にそれとなく聞かれたことはある。自分が面接を担当することも話したような覚えがある。

「奥薗晶です」

節夫のことはまるで気にする素振りもなく、晶は名乗った。

「どうぞ、座って」

相羽が、面接官のテーブルの前に置かれたパイプ椅子を指さす。

堂々とした態度で、晶が腰を下ろす。

「奥薗さん」

いったん履歴書に目を落とすと、相羽は、

「こっちも奥薗さん」

言いながら節夫に顔を向けた。

「現在東京に住まわれちょって、こっちに親族がいるっち……、知ってます？」

「あ、いや」

節夫は、まだ動揺がおさまらない。どうせすぐにバレることなのに、何故か否定してしまった。そのことでまた動揺が増す。

相羽は、怪訝な顔つきで節夫を見ていたが、コホン、とひとつ咳払い（せきばらい）すると、晶に向き直った。

「まず、うかがいますが――、どうして運転士になろうと思ったんですか？」

相羽が、最初に必ず聞く質問だ。

「子どもを喜ばせたくて」

きっぱりとした口調で、晶は答えた。

「え、そげな理由？」

相羽の眉間に皺（しわ）が寄る。

「駄目ですか？」

「駄目っちいうか……」

「うちの子、電車が好きなんです。だから、私が運転士になって、私の運転する電車に乗せてあげたいんです」

――駿也のためか……。

確かに、晶が運転士になったら駿也は喜ぶだろう。しかし、そのことと、晶が運転士に向いているかどうかは別の話だ。

「そげなプライベートな理由で、運転士になるっち言われてもねえ……」

渋い表情で相羽が腕を組む。

「いいんじゃないか？」

社長が口を挟んだ。

「え？」

「プライベートな理由でも」

「あ、ええと……」

助けを求めるように、相羽が節夫のほうに首を捻る。

社長の言う通りだ。応募する理由はなんでも構わない。ただ、運転士の仕事を軽く見ているのなら、それは間違いだ。

節夫は、晶に真っ直ぐ視線を向けた。

面接官の中に節夫がいることはわかっていた。だから、運転士に応募したことはあえて言わなかった。ひとりの面接官として、自分を審査してほしかった。

部屋に入ったときの驚きようを見ると、履歴書にも目を通していないようだ。いつも難しい顔をしている節夫が動揺しているのを見るのは、なんだか楽しい。

でも、節夫は今、面接官の顔に戻っている。厳しい質問が飛んでくることを、晶は覚悟した。

「奥薗さん」

案の定、節夫は、晶を睨みつけるようにして口を開いた。

「運転士ち仕事は、アルバイトとはわけがちご。人の命を預かる、責任の重か仕事じゃ。国家資格を取るのじゃって簡単じゃなか」

「はい」

晶はうなずいた。

「私、今のままじゃダメだってわかってます。変わりたいんです。変われると思うんです。電車の運転士になれたら」

晶は、身も心もボロボロになっていたとき、修平に出会って救われた。

でも、修平はもういない。助けてくれる人はいない。だから、自分が変わらなければいけないのだと思う。駿也の本当の母親になるためにも。

「電車の運転士が大変な仕事だということは、わかっているつもりです」

節夫に向かって、晶は続けた。

「でも……、だから、挑戦してみたいんです。自分を変えるために。あの……、またプライベートな理由で申し訳ないんですけど」

「ちょっとよかですか」

相羽が、手を上げて晶を制した。

「さっきから電車電車っち言うちょっけど、そもそもうちは電車じゃなかよ」

「気動車ですよね？」

すかさず晶が応える。

「ディーゼルで動いているから」

「そ、そうです」

「よく知ってるじゃないか」

社長が相好を崩す。

「素晴らしい」

相羽が追従する。

晶は微笑んだ。節夫も頬を弛(ゆる)めている。

――お義父さん、お願い。合格させてください。

心の中で、晶は節夫に呼びかけた。

それからも面接は続いた。

何故、全日制ではなく定時制高校卒なのか、ホステスをしていたのはどんな店なのかなど、答えにくいだろうと思えることも相羽は質問したが、児童養護施設に入っていたことを含めて、晶は全て正直に話した。

鉄道に関する常識や、肥薩おれんじ鉄道に関連した事柄も相羽は質問した。晶は、知らないことは知らないと、はっきり答えた。実際、鉄道についても、肥薩おれんじ鉄道についても、ほとんどなんの知識もないようだった。

相羽はあきれていたが、落ち着いた態度と、しっかりした口調で話す晶を、節夫は見直していた。社長も、満足そうな表情を隠さなかった。

今まで面接してきた中では一番見どころがありそうだと、節夫は感じた。運転士に本当に向いているかどうか見極めるのはこれからだが、不採用にする理由はない――。そう判断した。

リストの空欄に「奥薗晶」と書き込むと、節夫は、名前の前に○印をつけた。

*

筆記試験はぎりぎりの点数だったが、運転士としての適性検査の結果は上々だった。

相羽は渋っていたが、以前から女性の運転士を増やしたいと考えていた社長は、晶の採用を強く推した。

数日後、合格通知が晶の許(もと)に届いた。

これには、晶以上に駿也が喜んだ。二人は、手を取り合って家中を飛び回った。

その様子を、節夫は、微笑みながら見守った。

II　晶の夢

1

——二〇一五年　三月

ガールズバーでの仕事を終えたあと、晶は、マンションへの帰り道にあるスーパーに立ち寄った。久し振りに好物のチキンカレーを作ろうと思った。

いつもはコンビニの弁当で済ませているが、さすがに飽きていた。カレーは、一度に大量に作り、冷凍しておけば、何回かに分けて食べることができる。生活費の節約にもなる。

カレールウを選び、鶏（とり）もも肉を籠に入れる。次に野菜売り場に向かう。

玉ねぎとじゃがいもを取り、次に人参(にんじん)に手を伸ばしかけたところで、不意に横から男の手が伸びた。

二人の手が重なる。

ハッとして横を向くと、顎髭(あごひげ)を生やしたモジャモジャ頭の大男が、驚いたような顔でこっちを見ている。

「あ、どうぞ」

一歩退きながら、男は言った。人参は、三本入りのものがひと袋しか残っていなかった。

「いえ、どうぞ」

晶も譲った。

「でも……」

男が晶の籠の中に目を向ける。カレールウと鶏肉、それに、玉ねぎとじゃがいも——。必要なのは、あとは人参だけだ。

「いえ、いいですから」

晶は、さっさと踵(きびす)を返した。

さっきまでさんざん、スケベな男たちの面白くもない話に合わせて愛想笑いを振りまいてきた。これ以上男と関わるのはまっぴらだった。

レジに並び、会計を済ませる。

テーブルで袋詰めをしているとき、さっきの男が横にやって来た。

「これ、シェアしましょう」

籠から人参を取り出すと、いきなり男は言った。

——なんだ、こいつ……。

晶は、警戒に身を固くした。目を細めて男を睨む。

「だって、カレーに人参なしは、寂しいでしょ？」

男のほうは、まるで屈託がない。人参が入った袋を嚙んで破ると、中から一本取り出し、テーブルの上のビニール袋を取って中に入れた。

「はい、どうぞ」

男が、人参を晶の籠の中に置く。

「すいません」

呆気(あっけ)にとられながらも、晶は礼を言った。

「うちもカレーなんです。ほら」

カレールウを取り出して見せる。

晶は、ふと、男の籠の中に目を向けた。さつま芋が入っている。

――カレーにさつま芋？

晶の視線に気づいたのか、男は、さつま芋が入ったビニール袋を取り出した。

「美味いんですよ、カレーにさつま芋」

「え？」

そんな取り合わせ、聞いたことがない。

「これもシェアしましょう」

男は、さつま芋も一本、ビニール袋に入れた。

「騙されたと思って、やってみてください。甘みが出ていいんですよ。煮崩れちゃうから、大きめのカットで」

男がさつま芋を差し出す。あまりに自然なその動きに、思わず受け取ってしまう。

「ありがとうございます」

頭を下げると、

「いえいえ、じゃあ」

男は笑いながら手を振り、さっさと出口に向かった。

晶は、しばらくの間その場を動けないでいた。なんだか狐か狸にばかされたような気分だった。

それが、修平との出会いだった。

2

納骨には幸江も来てくれた。

奥薗家先祖代々の墓は、海を見渡せる山の中腹にある。

墓の前に着くと、幸江と晶は、まず墓石とその周りをきれいにした。節夫が、墓の中に修平の骨をおさめる。

空は晴れ渡り、真っ青な海は、穏やかに凪いでいた。

「修ちゃん、海が好きだったから、ここならきっと満足ですね」

線香に火を点けながら、晶がつぶやく。

「ああ」とだけ応えると、節夫は墓の前にしゃがみ、妻の分と合わせて、二つ並べて缶コーヒーを供えた。お茶派の節夫と違って、妻も修平もコーヒー好きだった。

立ち上がろうとして、節夫はふと、缶コーヒーのラベルに目をやった。「微糖」と書かれている。

「なあ、晶さん」

節夫は後ろに立つ晶を振り返った。

「修平な、ブラックのほうがよかったのかな」

「いいえ」

微笑みながら晶が首を振る。

「修ちゃん、コーヒーは砂糖入りじゃないと飲めません。それでよかったと思います」

——そうやったか……。

節夫は苦笑した。

修平のことは、疎遠になってしまった自分よりも、今では晶のほうがよく知っている。晶は、最後まで修平に寄り添ってくれた。そういう人が息子にいてくれてよかったと、改めて節夫は思った。

「ほれ、駿也くんも、こっち来て」

ぼんやり海を眺めていた駿也を、幸江が呼んだ。

節夫、幸江、晶、それに駿也が墓の前に並び、手を合わせる。

不意に、胸の底から寂しさが湧き上がってきた。

「あいつ、本当にもうおらんとじゃな」

思わず、口に出してつぶやいていた。

晶は、何も言わず、ただじっと節夫の顔を見つめていた。


晶と駿也の鹿児島での生活が、本格的に始まった。

毎朝、寝起きの悪い晶を起こすのは駿也の役目だ。配達されてくる牛乳や新聞を取り込み、ゴミを出すのも駿也の仕事。その間に、晶は、洗濯機を回し、三人分の朝食を用意する。洗濯物が少ないときは、掃除機をかけるときもある。小さい頃から家事をしてきたから、炊事も洗濯も掃除も苦にはならない。

駿也と連れ立って家を出ることもある。晶は自転車、駿也は徒歩で学校の前まで行き、そこで手を振って別れる。

駿也について、ゆりからは、今のところ特に問題はないと報告を受けていた。少し内気なところがあって、まだクラスメイトと打ち解けていない感じも受けるが、徐々に慣れていくだろう。ちゃんと注意してみているから安心してほしいと。

晶は安堵した。そして、自分も頑張らなければと思った。

気動車を運転することができる「甲種内燃車運転免許」を取得するまで、当然のことながら列車は動かせない。もうしばらくしたら、門司にあるJR九州の社員研修センターで、数ヶ月間寮生活を送りながら、みっちり講習を受けなければならないが、入社したての晶には、社内実習が主な仕事だ。

3

作業用の紺色の制服を身に着けた晶は、この日、相羽に連れられて、出水駅の留置線に向かった。

留置線とは、駅近くで一時的に車両を停めておけるように作られた線路のことだが、最初はなんのことだかわからず、相羽にあきれられてしまった。

我ながら、これでよく入社試験に合格できたものだと思う。

面接でどういう評価を晶に下したのか、節夫は教えてくれなかった。ただ、これからが大変だぞ、とだけ言葉をかけてくれた。

「肥薩おれんじ鉄道は、熊本の八代と鹿児島の川内駅間を走る鉄道です」

何も知らない晶のために、一から教えたほうがいいと思ったのだろう、相羽は、線路を横切って歩きながら、基本的な説明を始めた。

「こん線路、元はＪＲの鹿児島本線で――、あ、ほら」

相羽は、晶の背後を指さした。立ち止まって振り向くと、数十メートル先にある高架線路を、すごいスピードで新幹線が走り抜けるところだった。

「九州新幹線の開通に伴って、廃線にするっち話もあったけど、地元の人たちの強か意向で、第三セクターとして存続することが決まったとです」

「第三セクター？」

聞いたことがあるような言葉だが、意味はわからない。

「三セク。地方自治体と民間が、共同で運営する会社のことね」

「はぁ……」

わかったような、わからないような……。

「あ……」

駅のホームに停まっている列車を見て、相羽は声を上げた。乗客が乗り込み始めている。

「急いで」

晶に声をかけ、走り出す。慌てて晶があとを追う。

停車しているのは、普通の車両とは明らかに違う、ブルーのシックな外観の列車だ。正面の運転席の上には『おれんじ食堂』という文字が見える。

ホームにはテーブルがいくつか並べられ、この地方の特産品や土産物などがその上に載っている。テーブルの向こうには十人ほどの社員が連なっているが、全員がオレンジ色の手袋をしている。

ドアが閉まり、ゆっくりと列車が動き出した。

「ほら、笑顔で手、振らんな」

ホームの端に立つ相羽も、いつの間にかオレンジの手袋を嵌めている。わけがわからないまま、晶も愛想笑いで手を振る。

「あの……、なんですか？　今の」

列車の姿が見えなくなると、晶は聞いた。

「ウチん看板列車の、『おれんじ食堂』」

「食堂？」

「本当に、君、ないも知らんとやな」

またも相羽にあきれられてしまった。

「『走るレストラン』というか……、昔あった食堂車の豪華版みたいなもんよ」

スタートしたのは二〇一三年。ランチタイムには、三時間三十九分かけて、九州西海岸の景色を堪能しながらの旅となる。停車駅では、マルシェが開かれていたり、土産物の提供なども受ける。

食事は、地元の特産品を使った料理がメインで、一番高い「スペシャルランチ」で、料金はひとり二万一千円。絶景を楽しみながら、ゆったりと豪華な食事を楽しむことができる。その他に「プレミアムモーニング」や「スウィーツ」「ディナー」などのコースもある。

「へえ……」

列車で食べる地元の料理。おいしそうだ。

「いつか、私も食べられますかね」

「自分で料金払えば、いっでん（いつでも）」

「ええ〜」

社員用の試食会とかはないのだろうか。

「食べるより、運転するこつ考えんと。おれんじ食堂の運転は大変よ」

「どうしてですか？」

「乗客が食事するから、揺れんようにせんといかんどが？」

「ああ、そうか。そうですね」

おれんじ食堂を運転する自分の姿を想像してみる。特別な列車の運転は、なんだか楽しそうだ。

「そいより、ホームのことで、なんか気づかんな」

「ホームですか？」

晶は、改めてホームに目を向けた。今、晶と相羽は、一方の端に立っているが、もう一方の端はずいぶん先にある。

「ウチん列車な、一両か二両じゃっとに、ホームが長かでしょ？」

「確かに」

「鹿児島本線時代は、十両以上ある寝台列車とか、ブルトレなんかも停車しちょったでね」

「ブルトレ？」

「ブルートレイン。知らん？　あかつき。明星。なは。はやぶさ」

「何かの呪文みたいですね」

楽しそうに晶が笑う。

相羽は、だめだこりゃ、というように天を仰いだ。

「そのブルトレって、もう走ってないんですか?」

「とっくに廃止になっとってな」

「へえ」

ブルートレインのことは、帰ったら駿也に聞いてみようと思った。今では駿也は、晶の先生のような存在になっている。

「こっち」

相羽はホームを降りた。晶があとに続く。

線路を横切る前には、きちんと指さしで左右を確認しなければいけない。

「指さし確認。右よし、左よし」

首を振りながら人差し指で左右をさし、それから線路を渡る。

「あの、部長――。ひとつ、うかがいたいことがあるんですけど」

半歩前を行く相羽に、晶は声をかけた。

「私、ひとつ不思議に思ってることがあるんです」

「なんね」

相羽が後ろに首を捻る。

「うちの鉄道、ほとんど海岸線を走ってるじゃないですか」

「うん」

「でも、阿久根を過ぎてしばらく北に行ったら、海岸から逸れて内陸のほうに入って行きますよね。で、何かを避けるみたいにして……、遠回りするようにして出水に行くでしょう？　あれ、どうしてですか？　海岸を走ったほうが景色はいいし、一番近いルートでもないし、なんだかすごく不自然な感じがするんですけど」

「よかとこに気づいたな」

相羽は、頰を弛めた。

「あれはな、鶴の飛来地を避けとっとよ」

「鶴、ですか？」

「そう、環境保護。出水平野には、冬に毎年一万羽以上の鶴が飛んでくっでね。鶴を保護すっために、飛来地を迂回しとっとよ」

「へえ……」

——そんなことにも気を遣っているのか……。

「なんか、いいですね。そういうの」

今度の冬には、駿也といっしょに飛来地に行ってみようと晶は決めた。

再び留置線に戻ると、停車している列車の横で、中年の運転士が燃料の給油をしていた。

「給油も、運転士の仕事じゃっど」

運転士は、列車の運転をしてさえいればいいわけではない。列車のメンテナンスも重要な仕事だ。力仕事もしなければならない。しかし、それも覚悟の上だ。

晶は、列車の正面に回った。

走っているところを見ているだけではわからないが、線路に立って見上げると、列車は思いのほか大きい。

「近くで見ると大きいなー」

運転席を見上げながら、晶は、あんぐりと口を開けた。

「まあ、車なんかと比ぶっとね」

「こんな大きいの、動かせるかなあ。車も運転できないのに」

「え？」

相羽は眉をひそめた。

「運転できんて……、車の免許、持っちょらんと？」

「はい」

平然と晶が答える。

「そいで列車ん免許を取る気な？」

「はい」

「はあ……」

信じられない、という顔で晶を見ると、相羽は、音を立ててため息をついた。

4

下校時間が近くなったため、ゆりは、校舎を出て校門に向かった。今日は、見送りの当番なのだ。

校門の前に立ち、下校する児童ひとりひとりに声をかける。児童たちも、大きな声で挨拶を返してくれる。

「さよなら」

歩道を歩く児童たちの後姿を目で追っていると、その向こうから、食料品メーカーの名前がドアに入った営業車がゆっくり近づいてくるのが見えた。車は、十メートルほど離れた路上で停まった。

運転席の男を見て、ゆりは顔をしかめた。藤沢亮（ふじさわりょう）。交際相手だ。

友だちから数合わせのためだと頼まれて、合コンに連れて行かれ、そこで知り合った。半年近く前のことだ。十歳以上年上で、大人の落ち着きがあり、包容力もありそうに見えた。誘われるままにデートを重ねた。

既婚者だと知ったのは、付き合い始めて数ヶ月が過ぎたときだ。

もう一週間以上、連絡を取っていなかった。別れるつもりだった。まさか学校にまで押しかけてくるとは思わなかった。

児童が全員帰るのを見届けると、校門を閉めた。パンツのポケットから携帯を出し、藤沢の番号を呼び出す。

運転席で、藤沢が携帯を耳にあてるのが見えた。

「三十分後に、いつものところで」

それだけ告げると、ゆりは、一方的に携帯を切った。


その二十分後――。まだ仕事をしている同僚たちから目を背けるようにして、ゆりは職員室を出た。自転車で漁港に向かう。

路上に自転車を停め、すぐ先で待っていた車に乗り込む。

藤沢は、すぐに車を発進させた。港の構内を走り、海のすぐ近くで停車する。辺りに人影はない。

運転席から身を乗り出すと、藤沢は、いきなりキスしようとした。

「やめて」

その腕を、ゆりが振り払う。

「なんで？」

苛立った声で藤沢が聞く。

それには答えず、

「学校には、来ないで」

振り絞るようにしてゆりは言った。

「どうして電話出てくれないの？　ラインも何回も送ったのに」

「もう会えない」

「どうして？」

ゆりは、藤沢の左手を見た。薬指に指輪が光っている。

既婚者だと知られてしまった以上、もう外す必要はないと思っているのだろう。

「子どもができたの」

その結婚指輪を見ながら、ゆりは答えた。

藤沢が、愕然(がくぜん)とした様子で身を引く。

「ホントに？」

ゆりは、無言でうなずいた。

「マジかよぉ……」

ハンドルを叩きながら、藤沢が呻き声を上げる。

それを見て改めて、どうして自分はこんな男と付き合ってしまったんだろうと思った。大人の落ち着きや包容力があるように見えたのは、全部芝居だったのだ。目の前の男は、恋人を妊娠させておきながらうろたえることしかできない、ただの気の弱い中年オヤジだ。

――でも、そんな男を愛してしまったのは私自身だ。

助手席のドアを開けると、ゆりは車を降りた。藤沢は声をかけてこなかった。

足早に歩くゆりの横を、車は通り過ぎて行った。

5

スーパーで買い物を終えると、晶は、自宅に向かって自転車を漕ぎ出した。ただし、真っ直ぐ帰るのではなく、多少遠回りになっても、いつも違った道を走る。街のどこに何があるかを知るためだ。見知らぬ場所を見て回るのはなかなか楽しい。

今日は、港のほうに向かった。心地よく頬に潮風を受けながら、橋を渡り始める。橋の真ん中辺りまで来たとき、向こう岸に若い女性の姿が見えた。——ゆり先生。間違いない。晶は、片手を大きく上げた。

呼びかけようと口を開きかけたとき、ゆりは突然ひざまずいた。川に向かって首を突き出し、嘔吐（おうと）を始める。

「えっ！」

晶は、思わず声を上げた。

フルスピードでペダルを漕ぎ、橋を渡り終えると、ゆりのいる手前で飛び降りた。買い物袋ごと、自転車が地面に引っくり返る。

「ゆり先生！」

横に膝をつき、背中に手を回す。ゆりがこっちに顔を向けた。

「奥薗さん？」

驚いた表情でつぶやく。

しかしまた顔をしかめ、オエッという声を上げながら、川に向かって液体を吐き出す。

晶は、激しく動揺した。慌ててバッグを引き寄せ、中から携帯を取り出す。

「今、救急車呼ぶから」

言いながら、操作を始める。

「大丈夫です。すぐおさまりますから」

晶の腕をゆりが摑む。

「嘘――。大丈夫じゃない」

その手を振り払い、操作を続けようとする。

「本当に大丈夫ですから」

「大丈夫なんて、信じない！」

晶は、悲鳴のような声を上げた。

「なんで？」

ゆりが眉をひそめる。

「ホントに大丈夫だから」

「信じない！　大丈夫なんて信じない！」

救急車で病院に運ばれたあと、修平は、大丈夫だと言って笑っていた。すぐに退院できるとも。

でも、死んでしまった。大丈夫なんて信じられない。

「救急車を——」

「これ、つわりだから」

携帯を持つ晶の手を押さえつけながら、ゆりは言った。

晶は、驚いてゆりの顔を見た。

「つわりなの。だから、大丈夫」

——つわり……。

へなへなと晶がその場に尻をつく。

「すいません」

ゆりが謝る。

「あ、いえ……」

なんだか、身体中から力が抜けてしまったかのようだ。

ふと気づき、

「おめでとう」

晶は声をかけた。

「え？」

一瞬、目を見開くと、ゆりは苦笑した。

「初めて言われた」

「どうして？」

「相手に、家庭があって……」

すぐには意味がわからなかった。不倫、という言葉が頭に浮かぶまで数秒かかった。

「そうなんだ」

地面に目を落としてつぶやく。

「ごめんなさい。今の、忘れてください」

立ち上がり、ゆりが歩き去ろうとする。

「どうするの？」

その背中に向かって、晶は声をかけた。ゆりが振り返る。

「赤ちゃん、どうするの？」

「産めないでしょ、普通」

「なんで？」

「なんでって……」

ゆりは眉をひそめた。

「誰も望んでないから。無理して産んでも不幸になるの、目に見えてるし……。おろすしかないでしょ」

――誰も望んでいないから……、不幸になる……、おろすしかない……。

晶は、呆然とその場に立ち尽くした。

胸が痛み、背筋に震えが走る。不意に涙が溢れ出す。

「え？　なんで？」

ゆりが驚いている。

無理もない。ゆりは何も知らない。

しかし、涙は止まらない。頭が痛み、胸が締め付けられて呼吸ができない。

過呼吸を起こしながら、その場にしゃがみ込む。

ゆりは戸惑っている。それでも、背中に手を回してさすってくれる。

涙は、次から次へと溢れ出してきた。

晶は、修平の子どもを流産したことがある。

妊娠がわかったのは、去年の暮れ。修平が知人に金を持ち逃げされた直後のことだった。

多額の借金を抱えて自分たちの将来がまるで見えなくなっているときだったので、正直、晶は戸惑った。出産にはお金がかかるし、その前後何ヶ月かはバイトも休まなければならなくなる。ただでさえお金に困っているのに、そんなことになれば益々(ますます)生活は困窮する。

しかし、妊娠を知った修平は、手放しで喜んでくれた。そして、こんなときだからこそ希望が必要なんだと言った。生まれてくる子どもは、新しい未来を自分たちに運んでくれる希望の星なのだと。

それを聞いて、晶は感動した。絶対に丈夫な子を産む、と決意した。

だから、年が明けて間もなく、自然流産を医師から告げられたときは、ショックが大きかった。涙が涸(か)れるかと思うほど、毎日泣き続けた。

そのときのことを思い出すと、晶は、今でも胸が痛み、呼吸が苦しくなる。

「流産は、奥薗さんのせいじゃないです」

晶の話が終わると、ゆりが言った。

「わかってます」

薄く笑いながら、晶が応える。

二人は、喫茶店で向かい合って座っていた。晶は、すでに落ち着きを取り戻している。

「でも、せっかく宿った命を生かしてあげられなくて……、すごく申し訳なくて……」

――申し訳ない……。

ゆりはうつむき、お腹に手を当てた。

誰にも望まれていないから、という理由で、自分はこの子の命を奪おうとしている。お腹の中の命には、なんの罪もないのに。

――この子に申し訳ないと、私は、一度でも考えたことがあっただろうか……。

「私ね、母子家庭だったんです」

晶の言葉に、ゆりは目を上げた。

「父親が誰かも知りません。私が生まれて一年もしないうちにいなくなっちゃったらしくて……。ひどいでしょ？　私、誰にも望まれずに生まれちゃったんです」

どう答えていいかわからず、ゆりは唇を噛んだ。

「何度も、生まれてこなきゃよかった、って思いました。死のうと思ったことだってあります。いいことなんて全然なかったから……。でもね、二年前に修ちゃん――、死んじゃった夫ですけど、彼と出会って、結婚して、駿也ともいっしょに暮らすようになって……、すごく幸せでした。ああ、生まれてきてよかった、生きてよかったって、本当に思ったんです。修ちゃんはいなくなっちゃったけど……、そのときはすごく絶望したけど……、でも、こうしてここで駿也とお義父さんといっしょに暮らし始めて……、私、今、結構幸せなんですよ。だから、お腹の子が、将来絶対に不幸になるなんてこと、ないと思います」

ゆりは、晶に真っ直ぐ視線を向けた。晶も、目を逸らさずにじっと見つめ返してくる。

晶の言う通りかもしれないと思った。

――生まれてきた子が将来不幸になるかどうかなんて、本当は誰にもわからない。私が自分でそう決めつけているだけだ。

目を閉じ、音を立てて息をつく。

「あの……、ごめんなさい」

ゆりの様子を見て、晶は頭を下げた。

「私、なんだか余計なこと言ってしまって……。ゆり先生にはゆり先生の事情があるでしょうし……。私の言ったことは気にしないで——」

「いえ。私、もう一度よく考えてみます」

しっかりとした口調で、ゆりは言った。

「今までは、おろすことしか考えていませんでした。もしかしたら、そうなっかもしれんけど……、でも、もう少し考えてみます」

「そうですか」

晶が小さくうなずく。

「どっちにせよ、ゆり先生が悩んで答えを出したことなら……、私、応援します」

「応援？」

「あ、応援は変か……」

二人は、顔を見合わせて笑った。

「ねえ、ゆり先生、ときどき会って話しませんか？　同い年だし」

「ええ」

ゆりも同じ気持ちだった。晶となら友だちになれそうな気がする。

「ああ！」

そのとき突然、晶は声を上げた。

「な、なに？」

店の壁時計を見ながら、弾(はじ)かれたように晶が立ち上がる。

「もうこんな時間だ」

「もう帰らなきゃ。駿也がお腹空かせて待ってる」

バッグに手を突っ込んで財布を探し始める。しかし、なかなか見つからない。

「ここは私が払っときますから、早く帰ってあげて」

「すいません。今度返します！」

晶が店を飛び出していく。

それを見て、ゆりは笑った。今までウジウジ悩んでいた自分がバカみたいに思えた。

――赤ちゃんの顔が見てみたい。

ゆりは、ふとそう思った。

6

さつま芋カレーを作った数日後、晶は、同じスーパーで再び男と顔を合わせた。男は子どもを連れていた。

晶の顔を見ると、男は満面に笑みを浮かべながら歩み寄り、奥薗修平と名乗った。子どもは駿也。自分の息子だという。ごつい顔をした修平とはかけ離れた可愛らしい男の子だったが、よく見ると黒目勝ちなところはそっくりだった。とても内気な子のようで、晶がさつま芋カレーの感想を話している間ずっと、修平の背中に隠れていた。

児童養護施設で暮らしていたとき、晶は、小さな子どもの世話を手伝っていた。大変なこともあったが、自分を慕ってくれる子どもたちは可愛く、愛おしかった。その頃の生活は、それなりに充実していたといってもいい。

「こんにちは」

その場にしゃがむと、晶は駿也に声をかけた。

「こんにちは」

か細い声で駿也が応えてくれる。

「さつま芋カレーは、駿也も大好物だよな」

修平の問いかけに、駿也は、こっくりとうなずいた。その仕草が可愛くて、晶は笑った。作り笑い以外の笑顔を人に見せるのは久し振りだった。

帰り道がいっしょだということがわかり、その夜は、修平に誘われるまま、途中まで三人で歩いた。

キャバクラやガールズバーに来るほとんどの客と違って、修平は、ごく自然体で晶に接してくれた。身構えることなく男性と話すのも久し振りだった。

修平がイラストレーターをしていること。そのイラストが、この街で発行されているフリーペーパーの表紙に使われていることを知って、晶は驚いた。

フリーペーパーは、スーパーの店頭などに置いてあり、様々な店舗の割引券が付いていることもあって、晶は、ときどき持ち帰っていた。表紙には毎号、店や人の様子がカラフルな色遣いとコミカルなタッチで描かれており、前から面白いと思っていた。しばらくの間、二人は、そのイラストの話で盛り上がった。

お父さんのことを褒められるのが嬉しいのか、駿也も楽しそうな顔をしていた。

「お母さんは、家でお留守番？」

別れ際、ずっと気になっていたことを駿也に尋ねた。

「いないんだ」

ぽつりと漏らし、駿也が目を伏せる。

晶は言葉を失った。不用意に聞いてしまったことを後悔した。

謝ろうと口を開きかけたとき――、

「俺が、お父さん兼お母さんだよな!」

明るい声で言うと、修平は、駿也の頭をくしゃくしゃと撫でた。

「やめてよ」

修平の手から逃げながら、駿也が口を尖らす。でも、その顔は笑っている。

晶も微笑んだ。

このとき、一瞬だけ、この人たちと家族になれたら楽しいだろうなと思った。

晶は、毎日スーパーに通うようになった。そして、度々修平と駿也の親子と顔を合わせた。

三人は、どんどん親しくなっていった。

7

駿也は、寂しそうな顔をしていた。

これから数ヶ月間、離れて暮らすことになる。門司にあるJRの研修センターで、寮生活を送りながら講習を受けなければいけないのだ。その間に国家試験があり、合格すれば「甲種内燃車運転免許」を取得することができる。

いっしょに暮らすようになってから、離れ離れになるのは、もちろん初めてのことだ。駿也が不安になるのも無理はない。

「お風呂掃除と朝ごはん、ゴミ出しと食器洗いは駿也がやってよ」

門司に向かう日の昼前――。薩摩大川駅のホームで、晶は念を押した。

「うん」

駿也がうなずく。

ホームには節夫もいた。心配そうな顔で孫を見守っている。

「おじいちゃんの言うこと、ちゃんと聞くのよ」

「わかってるよ」

駿也は、晶の顔を見上げた。

「晶ちゃんも、勉強頑張ってよ。試験に落ちる人だっているんだからね」

「わかってる」

晶は、駿也に向かって顔を突き出した。

「任せて。こう見えて、私、勘だけはいいから」

駿也の後ろで節夫が咳き込んだ。

節夫に向かって、晶が、エヘヘ――、と笑う。

「お義父さん、何かあったらすぐに電話ください。お願いしますね」

「ん、わかった」

列車がホームに滑り込んできた。

ゆっくりとドアが開く。

「じゃあ、元気でね」

駿也に声をかけ、節夫からキャリーケースを受け取ると、晶は、列車に乗ろうとした。

その腕を、駿也が摑んだ。

「なに？」

「帰ってくるよね」

今にも泣き出しそうな顔で聞く。

駿也の手は震えていた。その手を、晶は握った。

「当たり前でしょ。駿也がいるんだから」

微笑みながら、きっぱりと言った。

「うん」

駿也が手を離す。

「じゃあね」

晶は、列車に乗り込んだ。

ドアが閉まる。列車が動き出す。

「ファイト」

駿也に向かって、晶はガッツポーズをした。

駿也が列車を追いかけてくる。ホームの端まで来ると、両手を大きく振る。

駿也に向かって手を振り返しながら、晶は、修平と結婚する前のことを思い出していた。駿也とは、よくこうやって手を振り合った。

修平と駿也と知り合ってしばらくすると、晶は夜の仕事を辞めた。そして、コンビニで働き始めた。駿也の小学校のすぐ近くの店だった。

通学や下校時に駿也の姿を見かけると、晶は、名前を呼びながら店を飛び出した。駿也も、はにかみながらも、嬉しそうに晶の許に駆け寄ってくれた。晶が接客しているときは、買うものもないのに店に入ってきて、手が空くのをおとなしく待ってくれた。ほんの数分言葉を交わすだけだったが、晶は楽しかった。

別れるとき、二人は必ず手を振り合った。バイバイ、と言いながら、姿が見えなくなるまで何度も手を振った。

あの頃からすでに、自分は駿也のお母さんになるんだと決めていたように思う。何があっても駿也に寂しい思いはさせないと、自分自身に誓っていたように思う。

それは、修平がいなくなった今でも変わりはない。

——なんとしてでも運転士になって駿也を喜ばせる。

小さくなった駿也に向かって、最後にもう一度だけ、晶は大きく手を振った。

8

「晶といっしょにいると楽しい。好きです。よかったら俺と付き合ってください」

知り合って半年ほど経ったとき、修平は、それまで見たことがないような緊張した顔つきで言った。

晶は可笑（おか）しかった。この半年間、修平とは何度も会っている。「イラストの感想を聞きたい」というのが晶を呼び出す口実だったが、実際にはイラストなどほとんど見せられたことがなく、お茶を飲みながらいろんな話をした。ときにはお酒を飲むこともあった。修平との会話は楽しかった。それは、まぎれもないデートだった。

「もちろん。喜んで」

笑いながら晶は応えた。真剣に交際を申し込んでくれる修平の生真面目さが嬉しかった。

「でも、駿也くんはいいの？」

修平が求めている交際が、結婚を前提としているのは明らかだ。そうであれば、自分たちだけの問題ではない。

「大丈夫」

きっぱりと修平は言った。

「駿也も晶のことが大好きだから」

もしかしたら、修平はすでに、晶とのことを駿也に話しているのかもしれない。修平にとって、一番大切なのは駿也なのだ。駿也の了解が得られていなければ、こんなふうに告白などしないだろう。

晶と修平は、次の日曜日に三人で遊びに行くことをその場で決めた。

そして、初めてキスをした。

修平の唇は大きくて温かかった。


交際は順調に進んだ。

二人で会うだけではなく、駿也といっしょに遊園地や鉄道博物館に行ったり、お弁当を持ってピクニックに出かけることもあった。待ち合わせてファミレスで食事もした。

ときどきは、修平のアパートで、晶の手料理を三人で囲んだ。逆に、修平が自分の手料理でもてなしてくれることもあった。長年、駿也のために食事を作り続けてきただけあって、修平の料理の腕前はなかなかのものだった。

「夫婦でいっしょに料理するってのが、俺の理想なんだ」

器用に包丁を使いながら修平が言うと、

「それ、晶ちゃんといっしょに料理するってこと？」

すかさず駿也が冷やかした。

晶と修平は顔を見合わせ、同時に照れ笑いを浮かべた。駿也が、二人が結婚することを認めてくれていると知って嬉しかった。

でも、晶は不安だった。自分の母親のことや、水商売をしていた過去のことが気になるのだ。本当に駿也の母親が務まるのか不安だった。

晶は修平に、全て正直に話した。

「過去のことなんて関係ない」

修平は笑い飛ばした。

「大事なのは、これから誰といっしょに生きていきたいかだと思う。俺は晶といっしょに生きていきたい。ずっといっしょにいたい」

それを聞いて、晶は声を上げて泣いた。

この人とだったら、温かい家庭が築けるかもしれない。ひとりで駿也の母親になる自信はないけれど、修平と二人ならできるかもしれない。そう思った。

幼い頃から晶が思い描いていた理想の家庭。それは、

――学校が終わったら真っ直ぐに帰れる場所。

――笑顔の絶えない場所。

――家族がいっしょにご飯を食べられる場所。

――不安なときには手を握り、悲しいときには抱きしめてくれる家族がいる場所。

自分が夢見ていた家庭を、修平と駿也となら作れるような気がした。


正式にプロポーズされたのは、跨線橋の上だった。

買い物に行った帰り――。いつものように三人並んで、線路の向こうに落ちる赤い夕日を見ていたとき、

「俺と結婚してください！」

突然、修平が大声で言った。同時に、駿也が目の前に指輪を差し出す。見事な親子の連係プレーに驚き、笑いながらOKすると、二人は歓声を上げながらハイタッチした。

その場で、晶は指輪を嵌めた。そんなに高価なものでないということはすぐにわ

かったが、値段などどうでもよかった。

「今まで生きてきた中で、今日が一番幸せかも」

薬指の指輪を見ながら、晶は涙ぐんだ。

「これからもっと幸せになるさ。なあ」

「うん」

修平の言葉に、駿也がうなずく。

「ありがとう」

二人には、どんなに感謝しても足りない。これまでずっと闇の中にいた自分を、光り輝かせてくれている。

晶は、こんな日が訪れるとは考えてもいなかった。絶対にこの幸せだけは手放さないと誓った。

二〇一六年二月十一日――。晶は修平と入籍した。

ない。

運転士になるための研修内容は盛りだくさんだ。

運転技術や機械の操作といった実技だけではなく、列車の構造や鉄道法規などを学ぶ授業があり、さらには、怪我(けが)や病気の応急手当のやり方まで覚えなければならない。

同期の研修生は、晶を含めて七人。晶の他は全員が男性だ。

一日の研修が終わったあと、同期生から夕食に誘われることもあるが、晶は、ほとんど断った。研修センターの食堂で夕食を済ませたあとは、寮の部屋に籠ってその日習ったことを復習した。

元々、勉強は嫌いではない。学校の成績は悪くなかった。ただ、進学するよりも、早くお金を稼いで自立したかったから、次第に勉強はおざなりになった。

研修は大変だったが、なんだかもう一度学生時代をやり直しているようで楽しくもあった。晶は、必死で勉強した。

9

その日の夕食はカレーライスだった。

カレーを食べるときはいつも、修平と出会ったときのことを思い出す。カレーが自分たちを結び付けてくれたようなものだからだ。

研修センターの食堂のカレーに使われているのは、当然のことながらじゃがいもだ。

スプーンですくい、食べてみる。

おいしい。でも、さつま芋とは全然違う。

初めて修平と出会ったあの夜——。マンションに帰ると、晶は、早速さつま芋カレーを試してみた。甘くておいしかった。あの髭面の大男が、こんな甘いカレーを食べているんだと思うとおかしかった。

そのときのことを思い出して含み笑いを漏らしたとき、テーブルに置いていた携帯が着信音を鳴らした。

画面を見ると、「修平」と表示されている。

——駿也からだ。

晶は、まだ登録名を変更できずにいた。携帯からも修平の名前が消えてしまうことを考えると悲しい気持ちになり、操作しようとしても指が動かないのだ。当分の間はこのままにしておこうと決めていた。

メッセージには写真が添付されていた。タイトルは、「小4のお父さんとおじいちゃん!」

小学校四年生の修平を真ん中に、左側に制服を着たまだ若い節夫、右側には亡くなった節夫の妻が写っている。背景に写っているのはブルートレインだ。拡大してみると「はやぶさ」のマークが見えた。

おそらく、このあと、節夫が運転する「はやぶさ」に乗るのだろう。嬉しくてたまらないのか、修平は満面に笑みを浮かべている。勤務中だからか、節夫は仏頂面だ。奥さんは、顔色があまりよくなく、やつれて見える。もしかしたら、病気で入院する直前に撮った写真なのかもしれない。

アルバムに貼ってあるものを携帯で撮影しているのだろう、写真は次々に送られてくる。どれも、修平が駿也と同じ年頃に写したものだ。写真を見ながら、晶は微笑んだ。

駿也のことは、節夫やゆりから度々報告を受けていた。

ゆりからは、まだそれほど友だちは多くないが、女子には大人気だと伝えられていた。東京から来たイケメン男子だから、それも当然かもしれない。同級生の男子に嫉妬されていじめられないか心配だが、これまでのところ一日も学校を休むことなく元気で過ごしているらしい。

幸江がときどき家事をしに来てくれているので、家のことはなんの心配もいらない、と節夫は言ってくれている。晶を研修に集中させようと、節夫も気を遣ってくれているのだ。

晶は、節夫と幸江、そして、ゆりに感謝した。

寂しいはずなのに頑張っている駿也にも、お礼を言いたい気分だった。


夕食を終えると、晶は、すぐに寮の部屋に戻った。

部屋の真ん中をカーテンで仕切っただけの二人部屋で、ひとり分のスペースは、わずか三畳ほど。そこにベッドとデスクだけが置かれている。

ベッドに寝転がって、携帯に保存してある修平と駿也の動画をしばらくの間見た。それが、晶のやる気の源なのだ。

駿也の笑顔が見たかった。今度会うときには、とびきりの笑顔で迎えてほしかった。

――そのためにも、絶対に運転士にならなければ。

「よし！」

動画の再生が終わると、晶は気合を入れた。

——絶対に、一回で国家試験に合格する。

携帯をベッドに置き、デスクに向かうと、晶は、分厚い教科書を開いた。

Ⅲ　晶の苦悩

1

——二〇〇八年　三月

生まれたばかりの駿也を抱いた修平が、亡くなった妻、静香の棺の前で泣き喚いている。

こんなに取り乱した修平の姿を見るのは初めてだった。節夫は、ただ、為すすべなく息子を見守った。

棺はすでに火葬炉の前まで運ばれていた。周りを囲んだ親族たちは、修平を見てもらい泣きしている。

静香の母親の朝子（あさこ）が、節夫に目で合図を送ってきた。

事前に話はついていた。それが修平と駿也のためだと頭ではわかっている。しかし、目の前の修平の様子を見ているうちに、本当にそれでいいのかと疑問も湧き始めていた。

煮え切らない態度の節夫を見限ったのか、朝子は、自ら修平に歩み寄った。

「私に」

言いながら、両腕を伸ばす。

修平は、赤ちゃんを朝子に渡した。そのまま、崩れるようにして棺に取りすがる。

棺から離れるよう、係員が修平を促した。静香の父親の孝蔵（こうぞう）に支えられるようにして、修平が数歩後ろに下がる。

棺が、ゆっくりと火葬炉の中に入っていく。修平は、ただ呆然とその様子を見つめている。

節夫は、朝子を見た。修平に背を向けると、朝子は、駿也を胸に抱いたまま、その場をそっと離れた。静香の姉の清美（きよみ）が、朝子を守るように後ろにつく。

孝蔵が修平の肩に手をかけ、そのまま控室に向かって歩き出した。

しかし、廊下を歩き始めてすぐ、修平は足を止めた。朝子と駿也の姿が見えないことを不審に思ったのだろう、きょろきょろと辺りを見回している。

節夫は、出入口に続く廊下に目をやった。朝子と清美が、足早に玄関ロビーに向かっている。

「お義母さん」

修平は呼んだ。しかし、返事はない。修平が立つ位置から、朝子たちの姿は見えない。

節夫は迷った。追いかけていって朝子を止めるべきか、このまま行かせたほうがいいのか――。

「駿也はどこですか？」

孝蔵に向かって修平は尋ねた。

「いや……」

目を背けながら、孝蔵が首を振る。

修平の顔色が変わった。異変に気づいたのだ。

節夫のほうに顔を向ける。

落ち着け、というように、節夫は、修平に向かって両手を上げた。今は騒ぎを起こすのはまずい。

しかし、節夫の表情を見て何か感じたのだろう、修平は何歩か引き返した。そして、逃げて行く朝子たちの姿を目にした。

「お義母さん！」

大声で呼びながら走り出す。

「待て、落ち着け」

呼びかけながら、節夫がそのあとを追う。

朝子と清美は、すでに斎場の外に出ていた。すぐ先に停まっているタクシーの許に向かっている。

「お義母さん！　お義母さん！」

呼びながら、修平が玄関を飛び出す。

「何してるんですか⁉」

「この子はこちらが預かります」

駿也を抱きかかえたまま、朝子は、首だけを捻って修平を見た。

「預かるって、なんで」

「あんたに、育てられるわけないでしょ！」

朝子と修平の間に、清美が割って入る。

「修平さん――、経済的にも難しいでしょう？」

「何言ってんだよ！」

修平は、清美の腕を摑んで引っ張った。キャッ、という声を上げながら、清美が地面に転がる。

「修平！」

節夫は、慌てて止めに入った。しかし、その腕は振りほどかれた。修平は、朝子の手から強引に駿也を奪い返した。

勢いあまって、朝子が尻もちをつく。

騒ぎを聞きつけて、斎場にいた人たちが続々と外に出てきた。

「そちらからも、なんとか言ってください！」

遠巻きに人々が見つめる中、朝子は、節夫に向かって悲鳴のような声を上げた。

「修平、落ち着け！」

節夫が手を伸ばす。その手を、修平がすぐにはねのける。

「親同士で決めた話なのよ！」

朝子の大声に、修平は固まった。

「は――？」

目を見開いて節夫を見る。

一瞬、節夫は言葉に詰まった。しかし、もう後戻りはできないと思った。

歯を食いしばり、修平に真っ直ぐ視線を向けると、

「そん方がよか」

節夫は言った。

イラストレーターとしての修平の収入がわずかなことは、節夫も、静香の家族も知っていた。一方、孝蔵は、大企業の重役だった。駿也は、何不自由なく生活していくことができる。

「ふざけんな！」

目を血走らせながら叫ぶと、修平は、駿也を抱いたまま、ふらふらと斎場から遠ざかった。

「駿也はおいの子じゃ。だいにも渡したりせん！」

泣き叫びながら、その場にしゃがみ込む。

「こん子は、静香が生きた証（あかし）じゃ！　静香とおいの子じゃ！　奪われてたまるか！」

修平は、身体全体で包み込むように駿也を抱きしめた。

「誰にも渡さん！　おいは、こん子と二人で生きてく！　誰の助けもいらん！」

「修平……」

節夫は、その場を一歩も動けなくなった。自分が間違っていたのだと悟った。

「もう帰れ！　だいも来んな。帰ってくれ！」

修平が血走った目を向ける。

その剣幕に、朝子はもう何も言い返すことができない。

遅れて斎場から出てきた孝蔵が、怒りで顔を真っ赤にしながら節夫に何か声をかけた。しかし、何を言ったのか、聞き取ることはできなかった。頭の中では、修平の叫び声だけが響いていた。

その日から、修平は、二度と節夫に会おうとしなかった。

2

「おじいちゃん」

駿也の声で、節夫は我に返った。

「ああ……」

曖昧に返事をしながら目を向ける。

駿也は、バットを構えたままこっちを見ている。

「終わったみたい」

「そうか」

二人はバッティングセンターにいた。ちょうど一ゲーム終わったようだ。

「もう一ゲーム、やっか?」

「うん」

真剣な表情で駿也がうなずく。

節夫は、大きくひとつ息をついた。

駿也を見ているうちに、九年前の葬儀場での出来事が脳裏に甦っていた。あのときの赤ちゃんが、今こうして自分の目の前に立っているということが、今更ながら、なんだかとても不思議なことのように思えた。

ズボンのポケットから百円玉を二枚取り出すと、節夫は機械に投入した。

「足は肩幅に、顎をぐっと引く」

駿也に向き直り、アドバイスを送る。

「うん」

言われた通り、駿也がバットを構える。

夏休みに入っても、駿也は、どこかに遊びに出かけるわけでもなく、友だちが遊びに来るでもなく、毎日ほとんど家に閉じこもって絵を描いていた。どうやらまだ親しい友だちはできていないようだ。

仕事が休みの日に、どこかに遊びに行こうと節夫が声をかけると、駿也はすぐに「バッティングセンター」と応えた。体育の授業で一学期の間に何度か野球の試合をしたが、一度もヒットを打てなかったのだという。どうやら、そのせいで同級生にバカにされたらしい。

「ピッチャーを睨みつけて」

節夫が前方を指さす。

唇を噛みしめ、駿也がピッチャーの画像を睨む。

ボールが飛んでくる。

バットを振る。しかし、当たらない。

「お父さんはツーベース打ったぞ」

「ほんと？」

「ああ」

このバッティングセンターには、修平にねだられて、ときどきいっしょに来ていた。今の駿也と同じ年頃のときだ。バットを振る駿也の姿は、修平とよく似ている。

「ようし……」

修平がツーベースを打ったと聞いて、気合が入ったようだ。駿也の目つきが鋭くなった。

「顎引いて。ボールよう見て」

バットを握る手に力がこもるのがわかった。

ボールがきた。

スイングする。バットを振るスピードが、さっきまでより速いように感じる。

——カキン！

金属音を響かせ、ボールが前に飛んだ。まともに打ち返したのはこれが初めてだった。

「やった！」

駿也は跳び上がった。

「やった！　おじいちゃん！」

満面の笑みを節夫に向ける。

その顔が、修平と重なる。

「ナイスバッティング！」

駿也に向かって、節夫も笑みを返した。

3

駅が近づくと、晶は座席から立ち上がり、運転席の横にある窓にへばりついた。
ホームに、ランドセルを背負った子どもが立っているのが見えた。
——駿也。
思わず笑顔になる。両手を大きく振る。
駿也も晶に気づいた。ぴょんぴょん飛び跳ねながら大きく手を振り始める。
列車が、ゆっくりホームに滑り込む。
停車し、ドアが開くと、晶は、キャリーケースを手にホームに降りた。
「駿也！」
呼びかけながら、少し大きくなったその身体を抱きしめる。
「お帰り」
駿也は嬉しそうだ。

「ただいま」

コートのポケットに手を突っ込むと、晶は、取ったばかりの免許証を取り出した。一番最初に駿也に見てもらいたかった。

『動力車操縦者運転免許証　国土交通省』――。黒い表紙には、そう記されている。

「すごーい」

早速、表紙をめくって中身を確認する。

晶の顔写真が付いた身分証を見て、駿也は目を輝かせた。

「おじいちゃんにも早く見せてあげようよ！」

頬を上気させながら言う。

「早く帰ろう。おじいちゃんが待ってるから」

駿也は、晶の手を引いて歩き出した。留守にしている間に、駿也は、すっかりおじいちゃん子になったようだ。

「はいはい」

キャリーケースを引きながら、晶は駿也のあとに続いた。

節夫は、すき焼きの用意をして待っていた。

歓声を上げながら、まず駿也が家に飛び込んできた。

その後ろから晶が入ってくる。

しばらく会わないうちに、なんだか少し落ち着いた感じになった。厳しい研修に耐えて免許を取ったことで、自信が芽生えたのかもしれない。最初会ったときは、まだ子どもにしか見えなかったが、今はちゃんとした大人の顔になっている。

「お義父さん、ただいま帰りました」

晶は、運転士がするように、玄関先で敬礼した。

「ああ、お帰り。おめでとう」

「はい」

大きな瞳で晶が見つめてくる。真っ直ぐないい目をしていると、節夫は思った。

「おじいちゃん、これ見て！」

駿也がまとわりついてきた。腕を伸ばして、免許証を目の前に差し出す。

「ああ……」

思わず頬が弛んだ。

――よく頑張ったな。

心の中で、節夫は、晶に声をかけた。

節夫は、グラスになみなみと焼酎を注いでくれた。晶の大好きな芋焼酎だ。今日は、地元で有名な酒造会社の、ラベルに鶴の絵が入った、いかにもおめでたいボトルだった。この日のために節夫が買っておいてくれたのだという。

ジュースのグラスを手にした駿也と、合格を祝って、三人で乾杯する。

食事が始まっても、駿也は、免許証を手放さなかった。何度も何度も中を見直していた。

駿也が喜んでくれて、晶は嬉しかった。頑張ったかいがあった。

「ちょっと、駿也。ぼんやりしてこぼさないでよ。人に見せるとき、染みなんかついてたらカッコ悪いでしょ」

「はーい」

肩をすくめ、免許証を晶に返す。それを晶が、大事にバッグにしまう。

「ねえ、晶ちゃん。初めて運転したとき、どんな気持ちだった？」

すき焼き鍋に箸を伸ばしながら、駿也は聞いた。

「おぉー、すごーい。ホントに動いたーって感じ」

おどけた口調で、晶が答える。

「おじいちゃんは?」

「え?」

「初めて運転したときのこと覚えてる?」

晶も、節夫に視線を向けた。

「覚えちょっ」

焼酎の入ったグラスを傾けると、節夫はうなずいた。

「何年前?」

晶が聞く。

「三十七年前」

「おおー」

駿也と晶は顔を見合わせ、同時に声を上げた。

「じゃっどん、初めて『はやぶさ』を運転したときのほうが緊張したが」

「やっぱり、ブルトレの運転って難しいですか?」

「もちろんじゃ」

「おじいちゃんの運転する『はやぶさ』、お父さんも乗ったんだよね」

駿也が送ってくれた、はやぶさの前で撮った写真を、晶は思い出した。真ん中に修平を挟んで、節夫と、亡くなった義母が立っていた。

晶は、床の間の仏壇を振り返った。修平と義母の写真が並んで置かれている。

「そっかぁ。修ちゃんを乗せて走ったんですね」

晶も、自分が運転する列車に早く駿也を乗せてあげたいと思った。その日が待ち遠しかった。

*

数日後から、晶は、実際に列車の運転を始めた。

まだ見習いの身だから、もちろんひとりではない。一日中ずっと、指導官が横につく。

晶の希望が通って、最初の指導官は節夫だった。

列車の運行を控えた運転士の仕事は、出区点検から始まる。運転台から始まり、列車の側面、そして背後まで、安全運行のために様々なポイントを点検確認していく。一連の晶の動きを、節夫は、真剣な表情で見守っている。

列車を発進させてからは、次の駅への到着時間を絶えず気に留めなければいけない。踏切に差しかかったら、しっかり前方を確認。坂道では速度の調整も必要になる。

最初の頃は、何度も停車駅でオーバーランした。やさしい乗客には「慣れればうまくなる」と励まされたが、怖い顔で文句を言う客もいて落ち込んだ。

少しずつ、晶は、運転士の仕事に慣れていった。失敗することも徐々に少なくなっていった。めったに褒めてくれない節夫からも、合格点をもらうことが増えた。

年明けからは、節夫の他に別の指導官が加わるが、もう不安はない。このままいけばひとり立ちできる日も近いと、晶は自信を持ち始めていた。

4

給食を食べ終えると、ほとんどの男子は、運動場へ飛び出していった。女子は、それぞれのグループに分かれて、廊下やベランダで賑(にぎ)やかにおしゃべりをしている。

駿也は教室に残り、ランドセルからスケッチブックと色鉛筆を取り出した。

スケッチブックには、列車を運転する晶の絵が描きかけてある。あとわずかに迫ったクリスマスまでに、晶と節夫の絵を描くつもりだ。それを二人へのクリスマスプレゼントにしようと思っていた。

色鉛筆を選んで続きを描き始めたとき――、

「わあ！」

後ろで、女の子が歓声を上げた。

振り向くと、同級生の鈴木萌香が立っている。

「見て見て、めっちゃ上手」

萌香は、教室に入ってきた前園葉月を手招きした。二人は親友らしく、いつでもいっしょにいる。

「すごっ。駿也くん、電車好きなの？」

萌香の横に立った葉月も、絵を見て驚いている。

駿也は、スケッチブックを閉じた。人に見られるのは恥ずかしい。

そこに、お調子者の二人組の男子がやって来た。砂岡と竹田。このコンビは、何かというとふざけてクラスの笑いを取ろうとする。

竹田が、いきなり手を伸ばしてスケッチブックを奪い取った。開いたページに、砂岡が首を伸ばす。

「すげー。なに、奥薗って、鉄オタなの？」

砂岡が、お茶らけた声を上げる。

「え？　これ、運転してるの、女じゃなか？」

「本当だ。なんで？　女が好きだから？」

「返して」

駿也が手を伸ばすが、スケッチブックは、砂岡から竹田へ、竹田から砂岡へとリレーされた。甲高い二人の笑い声が教室に響く。

「やめんね」

萌香が、二人の前に立ちはだかった。

「お前ら、奥薗が好きなんだろ」

「トウキョウモンはモテるねぇ」

竹田と砂岡が口々に囃（はや）し立てる。

「そんなこと言ってないし」

怒ったような顔で言い返すと、葉月は、竹田の手からスケッチブックを奪い返した。それを駿也に返す。

「なに、このボロいの」

今度は、砂岡が、駿也の筆箱を取り上げた。筆箱の先には、修平の形見のキーホルダーが付けてある。

ボロい――、と言われて、駿也はカッと頭に血が上った。

「返せ！」

怒鳴りながら腕を伸ばす。

駿也は、筆箱の一方の端を摑んだ。砂岡も、もう一方の端を摑んだまま離さない。二人がもみ合いになる。

とうとう砂岡が手を離した。筆箱を持った駿也の腕が、勢い余って後ろに振られる。鎖の先の、電車の絵が彫られた丸い金属の飾りが、駿也の背後にいた竹田の顔に当たる。

「痛っ！」

鋭い声を上げると、竹田は、目元を手で押さえながらその場にうずくまった。

「きゃあ！」

萌香は、両手で口を押さえた。

竹田の指の隙間から、ポタポタと血がこぼれ落ちていた。

「誰か先生呼んで！」

廊下にいた同級生に向かって、葉月が大声で指示する。

ベランダや廊下でたむろしていた女子が入ってきて、教室は騒然となった。

しかし、駿也には、周りの声は耳に入ってこなかった。床に落ちる血を見て、頭の中は真っ白になっていた。人を傷つけたのは初めてだった。

駿也は、その場に呆然と立ち尽くした。

晶は勤務中だった。

出水駅に戻ったとき、ゆりからの伝言を聞いた。早引きの許可をもらい、急いで着替えを済ませてタクシーに飛び乗った。

校舎の玄関で、ゆりが待っていた。

タクシーを降り、ゆりの許に駆けつける。すでに下校時間が近いためか、学校に残っている児童は少ないようだ。子どもの声はあまり聞こえてこない。

遅くなったことを詫びると、ゆりは、仕事なのだから仕方がない、と慰めてくれた。怪我をした児童はすでに病院で治療を終えており、傷自体は大したことがないから心配しないで大丈夫だと言う。

「よかった……」

晶はホッと息をついた。

今は児童の母親が来ていて、ついさっきまで校長と教頭を交えて話をした。校長と教頭は教育委員会の用事があって出かけたが、母親は、どうしても晶と話がしたいからと、そのまま校長室で待っている。怪我をした児童、それに駿也も同席しているという。

「ちょっとうるさいお母さんなので、そのつもりで」

校長室に向かう途中、ゆりは晶に耳打ちした。

校長室のソファには、目尻にガーゼをあてた児童とその母親が、並んで腰を下ろしていた。二人の向かい側には、背中を丸めるようにして駿也が座っている。

「この度は、本当にすみませんでした！」

児童とその母親に向かって、いきなり晶は頭を下げた。

「すみませんでしたって――、あなたねえ、あと数センチずれてたら、失明するところだったんですよ！」

母親が、すごい剣幕でまくしたてる。

「すみません」

もう一度、晶は、深々と頭を下げた。

「そんな謝り方しかできんの？」

母親が、睨むような視線を向ける。

「土下座せんね」

「え？」

一瞬驚きに目を見開いたが、すぐに晶は、床に膝をついた。考える前に、かってに身体が反応していた。

「やめましょう」

横に立つゆりが、しゃがんで晶の腕を取った。そのまま身体を引っ張り上げる。

「どうしてですか？」

尖った口調で母親が聞いた。

「子ども同士の喧嘩ですから、どっちかが一方的に悪いってことはないと思います」

「じゃあ、ウチの子が失明しても、子ども同士の喧嘩なら仕方ないと、先生はそう仰るんですか？」

「そういうことは言ってません」

「ていうか、先生……」

突然、母親が眉をひそめる。

「前から聞きたかったんですけど」

母親の視線は、大きくなったゆりのお腹に向けられている。

「だい（誰）の子なんですか？」

晶は顔をしかめた。

——どうして、今そんなことを……。

「どうかち思いますけどね。小学校の先生が未婚の母なんて」

喫茶店で話して一週間ほど経ったとき、ゆりからは、子どもは産むことに決めたと告げられていた。それを聞いて、晶は嬉しかった。でも、そう思っている人ばかりではない。むしろ、眉をひそめる人のほうが多いだろう。

ゆりは、険しい表情で唇を嚙みしめている。駿也のせいでゆりまで非難されるのは耐えられない。

何か言わなければと思い、口を開きかけたとき、

「ていうか、あなたも——」

母親は晶に目を向けた。

「いったい、いくつで産んだの？」

吐き捨てるように言う。

「あんたじゃ話にならん。父親は？　どこで何しちょっとね？」

それまで肩をすぼめてうつむいていた駿也が、弾かれたように顔を上げた。

その様子を横目で見ながら、

「駿也の親は、私ですから」

きっぱりと晶は言った。

「父親、おらんの？」

「親は、私です」

「だから、そうじゃなくって――」

「うるさい！」

駿也が怒鳴り声を上げた。

ぎょっとして母親が首をすくめる。

「な、何よ」

「駿也くん」

ゆりが声をかけた。しかし駿也は、真っ赤な顔で唇を震わせている。

「何よ、こん子は」

母親は目を吊り上げた。

「こん子、さっきからずっと黙ってて、謝りもしないのよ。いったいどうなってるのよ、あんたらは」

「駿也、謝って」

晶がうながす。駿也は目を伏せた。全身が震え始めている。

でも、このままにはしておけない。悪いのは駿也のほうなのだ。

「謝りなさい！」

晶は声を荒らげた。

背後に回り、駿也の後頭部を手で押して、無理やり頭を下げさせる。晶は、自分も、もう一度頭を下げた。

「ダメな親からは、ダメな子どもしか産まれんわね」

母親がうそぶく。

晶は拳を握りしめた。言葉を返すことができなかった。

晶自身が、ろくでもない親から産まれてきたからだ。自分のことを言われているような気がした。

もう話すことなどない、と言わんばかりの態度で立ち上がると、母親は、子どもを促して、さっさと校長室を出ていった。そのあとを、ゆりが慌てて追いかける。

校長室には、晶と駿也だけが残された。

晶は、駿也に話しかけることができなかった。何を話したらいいのかわからなかった。

ひとことも言葉を交わさないまま家に帰ると、駿也はそのまま部屋に閉じこもってしまった。

夕食のときだけは二階から降りてきたが、晶が話しかけても、うなずくか首を振るだけで、言葉を発しようとはしなかった。食事にはわずかに口をつけただけで、すぐにまた自分の部屋に上がっていった。

どうしたらいいのかわからなかった。晶は、ただ節夫の帰りを待った。

5

遅く帰宅した節夫に簡単な夜食を用意しながら、晶は、今日学校であったことを伝えた。

「喧嘩か……」

食事に手をつけながら、節夫がつぶやく。

晶は、節夫に背を向け、台所で洗い物を始めていた。何かしていないと落ち着かないのだ。

「相手の子どもの目尻から出血って……、駿也は、いったい何をしとったんじゃ？」

「筆箱振り回したら、キーホルダーが目に当たったんです」

「理由は？」

「え？」

晶は手を止め、首を捻って節夫を見た。

「喧嘩したとなら、わけがあるやろ」

——喧嘩の理由……。

「聞いとらんとか？」

一瞬、息が止まった。

——一番肝心なことを、私は聞いてない。

「聞いてません」

晶は、シンクの端に両手をつき、がっくりと肩を落とした。

気が動転していて、全く気が回らなかった。もしかしたら駿也は、喧嘩の理由を聞いてほしかったかもしれない。尋ねてくれるのを待っていたのかもしれない。

「サイテーだ、私」

晶は、鉛のようなため息をついた。

「子どもん同士ん喧嘩じゃろ。ほっとっきゃよか。親がでしゃばることもなか」

節夫の慰めの言葉は、頭の中を素通りした。

――ダメな親からは、ダメな子どもしか産まれんわね。

かわりに、怪我をした子どもの母親の言葉が胸に甦った。

「私が親で、いいんですよね」

節夫に背を向けたまま、晶が漏らす。

「なに？」

「わからないんです。子どもにとって、いい親ってなんなのか……。私の親は、まともじゃなかったから」

「そいは、どういう……？」

晶は振り返った。

自分を見て、節夫が眉をひそめたのがわかった。おそらく、これまで節夫に見せたことのない暗い表情をしていたからだろう。でも、修平と出会う前の自分は、店に出ているとき以外は、いつもこんな顔をしていたと思う。

「うんにゃ、よか。無理に話さんでよか」

節夫は目を逸らした。

「いえ」

身体ごと向き直る。

「聞いてください。お義父さんには、私のこと、知っておいてほしいんです。修ちゃんにも話したことです」

いい機会だと思った。この家で暮らしていく以上、ずっと黙っているわけにはいかない。

布巾で手を拭くと、晶は、テーブルを挟んで節夫の向かい側に腰を下ろした。

箸を置き、節夫が居住まいを正す。

「父親が誰なのか、私は知りません。赤ちゃんの頃、家を出ていってしまったし、写真も一枚も残ってないから、顔もわかりません」

テーブルの一点を見つめたまま、晶は話し始めた。

母のことは、思い出すだけで胸が苦しくなった。身体が震え、声がかすれた。それでも、晶は話をやめなかった。母の暴力も、男を連れ込んでいる間外に出されたたことも、母がいない間何日もひとりきりで留守番をしていたことも、自殺未遂を犯した母を見つけたときのことも、全て正直に話した。

途中ひとことも口を挟むことなく、節夫は、最後まで黙って話を聞いてくれた。

話を終えると、晶は、両手のひらで顔を覆った。

「私、ろくでもない親から産まれてきた子なんです。そんな私に、駿也の親になる資格なんて――」

「晶さん」

初めて節夫が口を開いた。

「あんたの親のことは、おいにはわからん」

ゆっくりと、言い聞かせるように話し出す。

晶は、手のひらから顔を上げた。

「じゃっどん、あんたのことはわかる。まだそげん長い時間じゃなかけど、こうやってひとつ屋根の下で暮らしちょるわけだから」

その口調はやさしい。表情もやわらかい。

「あんたはよくやっちょる。駿也のいいお母さんになっちょる。そんことは、誰にも文句を言わせせん。文句を言う奴がおったら、おいがそいつにちゃんと話しちゃる。

だから……、大丈夫じゃ。そげん心配することはなか」

「お義父さん……」

「晶さん――、あんたはあんたや。母親とはちご」

節夫は微笑んだ。

「はい」

晶がうなずく。

節夫の言葉は胸に沁みた。少しだけ、気持ちが軽くなった。それでも、自分が本当に母親になれるのかどうか、自信はない。

とにかくまず駿也に謝らなければ、と晶は思った。

＊

いっしょに教室にいた女子児童の話から、男子児童の怪我は、喧嘩の結果というより事故に近く、その原因を作ったのは怪我をした児童のほうだということがわかった。駿也の家庭環境については、後日ゆりから母親に説明があり、母親は、校長室で自分が言ったことを反省したという。この件は、それ以上大ごとにならずに済んだ。

晶は、喧嘩の理由も聞かずに謝るよう強制したことを、駿也に詫びた。駿也は許してくれた。そして、校長室での自分の態度について、晶に謝ってくれた。仲直りの印に、二人は笑顔で握手を交わした。

ただ、完全に元通りになったわけではない。事件以来、自分に対する駿也の態度が、ほんの少しだけよそよそしくなったように晶は感じていた。校長室での出来事が、駿也の心に傷をつけてしまった。その傷が癒えるのには、少し時間がかかるかもしれない。

ほどなく、学校は冬休みに入った。晶は、なるべく駿也といる時間を作った。駿也も上辺は、それまでと変わりなく接してくれていた。ただ、ふとしたとき、寂しげな表情を見せることがあった。それが晶には気になった。

クリスマスが過ぎ、正月がきて、新しい年が始まった。

6

新年早々、晶は「おれんじ食堂」の運転を任されることになった。

楽しみにしていた運転だったが、速度の上げ方、下げ方、ブレーキのかけ方など、食事中の乗客に気を遣った操作は、普通の列車の何倍も難しかった。

晶は何度も列車を揺らしてしまい、その度に、新しく担当指導官に加わった水嶋から容赦のない叱責を受けた。水嶋は、厳しいことで有名なベテラン運転士だ。

「お客さまが食事をとっとっとじゃろうが」

勤務を終えて出水駅に戻ると、ホームの上で改めて水島は晶に注意した。

「速度は急に上げ過ぎない。ブレーキはもっと丁寧に」

「はい」

晶は唇を噛んだ。

確かに、今日の自分の運転は酷かったと思う。怒った乗客の方もいるだろう。申し訳ない気持ちでいっぱいだった。

「こんなことでは、『おれんじ食堂』の運転は任せられんぞ」

「はい」

肥薩おれんじ鉄道で「おれんじ食堂」の運転を任せられないということは、運転士失格と言われたに等しい。

水嶋は、険しい表情でさっさと歩き出した。

「ありがとうございました」

その背中に向かって頭を下げると、晶は大きなため息を漏らした。

自分はもっとできると思っていた。でも、それは思い上がりだった。自信を持ち始めていた自分が恥ずかしかった。

がっくりと肩を落としてうなだれ、重い足取りで歩き出す。

「晶さん？」

そのとき、背後から名前を呼ばれた。

振り返ると、キャリーケースを手に、ゆりが歩いてくるところだった。数週間会わないうちに、お腹は風船のように膨らんでいる。

「ゆり先生」

晶は笑顔で手を振った。

「すごーい、大きくなってる〜」

ゆりに歩み寄り、目を丸くしてお腹を見る。

「晶さんも、制服似合ってる」

「そう？」

晶は肩をすくめた。

ゆりに制服姿を見られるのは初めてだった。なんだか照れくさい。

「産休？」

少しふっくらしたゆりの顔に視線を戻す。

「今日から。今から実家に帰るとこ」

「クビにならなくてよかったね」

「ギリギリだったけどね」

二人は顔を見合わせ、いたずらっ子のような笑みを交わした。

「触ってもいい？」

「よかよ」

手袋を脱いでそっとお腹に手をあてると、晶は顔を近づけた。

「待ってるからね」

お腹の中の赤ちゃんに向かって呼びかける。

晶が手を離し、背筋を伸ばすと、ゆりは、いきなりその身体を抱きしめた。

「晶さんのおかげだから。この子に会えるの」

晶の耳許（みみもと）で囁（ささや）く。

——私のおかげ……。

喫茶店で話したことで、ゆりの気持ちは変わった。そのことを、ゆりは感謝している。

晶は複雑な気持ちだった。自分が駿也のいい母親になれるかどうか自信が持てていないのに、シングルマザーになるよう勧めるようなことをゆりに言ってしまった。果たして自分にそんなことを言う資格があったのかと、今では思う。

「ありがとうね」

身体を離すと、ゆりは言った。

「じゃあ」

笑顔で軽くお辞儀し、ゆっくりと歩き始める。

去っていくゆりの後姿を見ながら、晶は駿也のことを考えた。

駿也に母親として認めてもらいたかった。でも、そんな日がくるかどうかわからない。

運転士になることにも、母親になることにも、晶は自信が持てなくなっていた。

7

「『平成人式』というのは、みんなが生まれて十年経ったことを記念に、お父さんお母さんに感謝の気持ちを伝えましょうっていう会です」

ゆりの代わりに臨時担任になった中泉(なかいずみ)が、教壇に立って説明している。体育会系の若い男性教師だ。

「いいかー、まずはお父さんお母さんにインタビューしてくださーい。自分が生まれてどげん思ったか。嬉しかったか、感動したか、聞いてみてくださーい」

教室内がざわめいた。

「げー」

「めんどっちぃー」

「嫌だー」

子どもたちが、口々に文句を言う。

駿也は、前から回ってきたプリントを一枚取り、残りを後ろの席の同級生に渡した。

プリントには、保護者に向けて「半成人式」の説明が書かれている。

『一月の授業参観として、半成人式を下記の通り実施いたします。十歳を迎える節目となる年に、自分の成長を振り返り、これからの生き方を考えること。そして、ご両親に感謝の気持ちを伝えることが目的です。

ご多忙とは存じますが、ぜひご参加くださいますよう、お願い申し上げます。』

日時は、一月最後の日曜日の午前中──。

「そいから、作文を書いてもらいます」

中泉が続ける。

「これまで育ててもらった感謝を込めて。当日はその作文を発表してもらうからなー」

「ウソー」

「マジかよー」

また教室内がざわめいた。

駿也は眉をひそめた。両親がいない自分には関係がないと思った。

頭の中に一瞬だけ晶の顔が浮かんだが、すぐに消えた。

──晶ちゃんはお母さんじゃない。

駿也は、プリントを机の中にしまった。

家に帰ると、駿也は、まず座敷のカレンダーを見た。そこに、晶と節夫の勤務予定が書き込まれているのだ。

一月の最終日曜日は、晶も節夫も勤務が入っている。

駿也は、ホッと息をついた。これで、式には来られずに済む。

「どうしたの?」

台所で夕食の支度をしている晶が声をかけた。

「なんでもない」と応え、二階の自分の部屋に上がる。

ランドセルを机の横に置き、引出しを開けると、駿也は、その奥から小箱を取り出した。

中に入っているのは、母子手帳や結婚指輪など、亡くなった母の静香にまつわる小物だ。

一枚の写真を手に取る。妊婦の静香が、大きなお腹に手をあてて微笑んでいる写真だ。

やさしそうな人だなと、駿也は思った。きっと、本当にやさしい人だったに違いない。

「お母さん……」

小さな声で呼んでみる。

机の上には、修平の写真も置いてある。静香の写真を、その横に並べてみる。

静香と修平が生きていたら今頃どんなだったろうと、駿也は想像した。

——お父さんとお母さんと僕。仲の良い家族だっただろうか。

——三人で列車に乗って、あちこち旅行していただろうか。

——三人でファミレスに行って、おいしいものを食べただろうか。——それから
……。

「駿也」

いきなり襖が開いた。晶だ。

駿也は、慌てて静香の写真を隠した。

「なに?」

首だけ捻って、晶に顔を向ける。

「今日宿泊勤務だから、ご飯、チンして食べてね」

駿也が手元に何を隠したのか、少しだけ気にしたようだったが、晶は何も聞かな

かった。

「うん」

駿也がうなずく。

「じゃ、行ってきます」

「行ってらっしゃい」

晶は襖を閉めた。階段を降りて行く足音が聞こえる。

駿也は、静香の写真を小箱に戻した。そして、ランドセルから「半成人式」の保護者用のプリントを取り出すと、それを破いてゴミ箱に捨てた。

8

夜の運転は、昼よりはるかに難しく、気を遣う。

しかし、もう失敗はできない。今度失敗したら、水嶋から運転士失格の烙印(らくいん)を押されかねない。

運転台の横に立つ水嶋は、晶の動きをじっと観察している。そのことでさらに緊張感が増す。

暗闇の中、前方で何かが光った。

「え？」

晶は身を乗り出し、目を細めた。

水嶋も気づいたのか、同じように首を突き出す。

――鹿だ。

すぐそこまで近づいたとき、ようやくその姿が見えた。光って見えたのは鹿の目だったのだ。

「非常！」

水嶋が鋭い声で命じる。

慌てて晶が急ブレーキをかける。キキーッ――、と軋む音を響かせながら、列車が激しく揺れる。乗客の間でどよめきが起きる。

次の瞬間――、ドンッという鈍い衝突音と同時に、運転台に衝撃が走った。鹿をはねたのだとわかった。そのまましばらく進むと、列車は停止した。

晶は動揺した。動物をはねたのは、もちろん初めての経験だ。

「奥薗さん、アナウンス入れて」

指示を送りながら、水嶋がジャンパーに袖を通す。

「え、あ、はい」

晶は応えたが、手が震えて摑んだマイクを落としてしまう。ようやく拾い上げるが、動転していて声が出ない。

「なんやっちょっと！」

晶からマイクを奪うと、水嶋は自分の口に近づけた。

「ただいま前方に鹿が現れましたので、緊急停止しました。現地調査を行ないますので、しばらくお待ちください」

マイクを戻すと、水嶋は、早く上着を着るよう晶に命じた。ようやく我に返り、急いでジャンパーを身に着ける。

指令室に無線で報告を始めた水嶋を残して、晶は、列車の外に出た。懐中電灯で線路上を照らしながら進む。

衝突したあと、列車の下に巻き込まれた大きな鹿が、ずたずたになった姿で横たわっていた。その手前で立ち止まると、晶は、ライトを鹿の死骸から逸らした。とてもまともに見ることができなかった。

水嶋の指示を仰ごうと振り返りかけたとき、暗がりの中で、ガサッ、という音が聞こえた。

ぎょっとしながらライトを向ける。

線路の脇に、小鹿が立っていた。晶のほうを見つめている。

――私は、親鹿を殺してしまったのか……。

小鹿と目が合った。懐中電灯を持つ手が震えた。光の輪が揺れる。

さっと身をひるがえすと、小鹿は、そのまま暗闇の中に消えた。

修平の遺体を見たときのことが、不意に、フラッシュのように頭の中で瞬いた。

修平は、病院の中の遺体安置室で横たわっていた。

晶は、遺体の脇に、棒のように立ち尽くした。現実を受け入れることができなかった。

ハッと我に返り、廊下で待っている駿也の許に戻った。

修平が死んでしまったことを、駿也は信じなかった。

――やめて、嘘つかないで。

何度もそう繰り返した。

駿也は、何度うながしても、部屋に入ろうとしなかった。晶に背を向けると、廊下を駆け出した。

そのときの駿也の姿が、さっきの小鹿と重なった。

「奥薗さん、そっち持って」

いつの間にか側に来ていた水嶋が、鹿の後ろ足を両手で持った。死骸は線路の外にどかさなければいけない。

命じられるままに、晶が前足に手を伸ばす。しかし、血で滑り、尻もちをつく。

「なんしちょっと！　しっかい持って！」

鹿の顔は、晶のほうを向いている。二つの目が、晶をじっと見つめている。

思わず死骸から目を背けた。さっき小鹿が立っていた場所に視線が向く。

今度は、小鹿に見られているような気がした。駿也に非難されているように感じる。

胸の鼓動が激しく、速くなる。呼吸が荒くなり、手足が痺れ始める。

「奥薗さん！」

水嶋の声が、ウオンウオンと頭の中で響く。

「いや……、いやあああ――！」

晶は叫んだ。

「おい、大丈夫か、おい！」

「わあああ——！」

晶は泣き喚いた。完全にパニックを起こしていた。

「奥薗さん、落ち着いて！」

肩に伸ばした水嶋の手を振り払うと、晶は、その場に突っ伏して喚き続けた。

＊

節夫は、水嶋から事故の報告を受けた。晶の様子は異常だったという。

誰でも初めて鹿をはねたときは動揺する。ただ、狂ったように泣き喚くのは普通ではない。どんなときでも冷静に対処しなければいけない運転士が、乗客の前で異常な行動をとることは許されない。

修平の死のショックから、まだ完全に立ち直っていないのはわかる。そのせいで、たとえ動物でも、死を間近に見るのは耐え難いのかもしれない。しかし、それは乗客には関係のない話だ。少なくとも、現在のままの精神状態では、晶をひとりで運転席に座らせるわけにはいかないだろう。

水嶋は、運転士としての晶の資質を疑い始めているようだ。

節夫は、次の勤務では自分が晶の指導をしたいと相羽に申し入れた。自分の目で、晶の適性を確かめたかった。

二日間の休養のあと、晶は現場に復帰した。

9

晶は、落ち着いているように見えた。

速度の上げ下げも、ブレーキのかけ方もスムーズで、停車位置をオーバーランすることもなく、乗客に対してもにこやかな対応をしていた。

列車は出水駅にさしかかった。

男子学生が数人、ホームでふざけているのが見えた。テスト用紙なのか、手にしているペーパーを見せ合っている。

危ないな、と節夫は思った。学生たちは、列車が近づいていることをまるで気にしていない。ホームの端ぎりぎりを動き回りながら、ペーパーを取り合っている。

晶に声をかけようとしたとき、学生が手にしていたペーパーが数枚、風に舞った。その一枚が運転席の窓に向かって飛んでくる。

ペーパーは、晶の目の前にへばりついた。視界を塞がれた晶が「きゃっ」と声を上げ、非常ブレーキをかける。

ガクン、と大きく車体が揺れ、列車は急停止した。

乗客がざわめいた。

「なんちな（なんだよ）」

「あんなかじゃなかか（危ないじゃないか）」

次々に不満の声が上がる。

節夫は、すぐにマイクを握った。

「只今、線路内に障害物が飛んできたため、急停車しました。しばらくお待ちください」

落ち着いた声音でアナウンスする。

「ノッチ。停止位置まで引き上ぐっど」

晶に向かって指示する。

しかし、晶は、何が起こったのかわからない様子で、呆然としている。

「おい！」

声を荒らげた。

「あ、はい」

ようやく晶が応える。

ゆっくりと列車は動き出した。


「お客さんが乗っちょったっど（乗ってるんだぞ）」

乗務を終え、社屋に向かう途中で、節夫は言った。

「すみませんでした」

目の前に立つ晶が頭を下げる。

乗客の中には、お年寄りもいれば、病気の人も、妊娠している人もいる。止まったときの衝撃の大きさを考えれば、急ブレーキは、よほどのことがない限りかけてはいけない。

頭ではわかっているはずなのに、晶にはそれができていない。しかも、その後の対応が遅い。

「大丈夫じゃっとか？」

節夫は尋ねた。

三日前の事故のことがまだ尾を引いているのだとしたら、もう少し休養したほうがいいかもしれないと思った。

「私、失格ですか？」

節夫の質問には答えず、逆に晶が聞いた。

その顔に不安の色が浮かんでいる。しょんぼり肩を落としているからか、身体がひと回り縮んだように見える。

「自分で考えろ」

それだけ言うと、節夫は、晶を残して歩き出した。

自信がないのなら辞めたほうがいい。自分に自信がない運転士に、乗客の命は預けられない。

駿也のためにも、晶には運転士になってほしかった。でも、どうにもできないことはある。

背中に晶の視線を感じながら、節夫は、肩でひとつ息をついた。

10

ロッカールームで着替えを済ませて会社を出ると、晶は、自転車にまたがった。気持ちが重く憂鬱で、何もやる気が起こらないが、それでも駿也のために夕食は作らなければならない。

行きつけのスーパーに寄り、頭の中で献立を考えながら売り場を回る。

レジを終え、テーブルで袋詰めをしているとき、横にいた中年女性から「こんにちは」と声をかけられた。

首を捻って女性の顔を見る。見覚えはあるのだが、誰だかわからない。それでも、「こんにちは」と挨拶を返し、頭を下げる。

探るような視線を晶が向けていると、

「鈴木萌香の母です」

女性のほうから名乗ってくれた。

「ああ……」

やっと晶は思い出した。PTAの会合のとき、一度会ったことがある。

「駿也くんのお母さん、ですよね」

「あ、はい」

「日曜日、楽しみですねえ。私、絶対泣いちゃうと思います」

萌香の母親は、うきうきした様子だ。

逆に晶は、戸惑った。

「日曜日？」

「いらっしゃるでしょ？　半成人式」

──ハンセイジンシキ……。

なんだそりゃ、と思ったが、

「ああ……、はい」

とりあえず晶はうなずいた。

駿也が言い忘れているのだろうと思った。ここで聞き返すのはなんだか恥ずかしい。

「ウチの主人、張り切っちゃって、義理の両親にまで声かけちゃって」

いったい何をする会なのか、晶には見当がつかない。父兄や親戚が集まるということなら、授業参観を大規模にした会のようなものだろうか。

「じゃ、日曜日に」

朗らかな顔で軽く会釈すると、萌香の母親は、その場を立ち去った。

袋詰めを終えると、晶は急いで家に帰った。


駿也は、自分の部屋で机に向かっていた。絵の具を使って、ジオラマの建物に彩色を施している。

横に座り、日曜日の会のことを尋ねると、駿也は、作業を続けながら簡単に説明してくれた。

「どうして言ってくれなかったの?」

理由がわからなかった。

「だって、晶ちゃん、仕事忙しいでしょ?」

駿也は手を止めず、こっちを見てもくれない。

「休むから」

学校の行事には必ず出席しようと、晶は決めていた。家庭の事情はわかってくれているから、会社も休暇を認めてくれるはずだ。

「休まなくていい」

しかし、きっぱりと駿也は言った。

「とにかく、行くから」

晶も、引くつもりはなかった。

立ち上がり、部屋から出て行こうとする。

「絶対来ないで！」

駿也は、大声を上げた。

立ち止まり、振り返る。駿也は、強張った表情で晶を見つめている。

「お願い、来ないで」

今度は、懇願するような口調。

「なんで？」

晶は混乱した。

――私が行ったら何か都合の悪いことでもあるのだろうか。

ゆりが担任なら聞くこともできるが、今は他の教師が代理担任になっている。こっちの事情をよく知らない教師に相談するのは、ためらいが先に立つ。

「本当に来ないで。お願いだから」

睨むように晶を見つめながら念を押す。

あまりに切迫した駿也の様子に、それ以上言い返すことができなかった。

当惑したまま、晶は部屋を出た。

11

日曜日の朝——。駿也を学校に送り出すと、晶も家を出た。節夫は、ひと足先に出勤している。

駐輪場に自転車を停めて社屋に入り、二階の廊下をロッカールームのほうに歩いているとき、

「奥薗さん、ちょっと」

背後から相羽に呼び止められた。

「あ、おはようございます」

振り返り、挨拶する。

相羽の表情が険しいのが気になったが、乗務時間が迫っていた。

「先に着替えちゃっていいですか?」

前方にあるロッカールームのほうを指さし、歩き出そうとする。

「いや、ちょっと」

今すぐ来てくれ、というように、相羽が手招きする。

なんだろう、と思いながら引き返し、相羽のあとから運輸部長室に入る。

向かい合ってソファに腰を下ろすと、相羽はいきなり、「しばらく休養したらどげんじゃろか」と提案した。

「休養、ですか？」

すぐには意味がわからなかった。

「うん」

晶を見ながら、相羽が続ける。

「しばらく休んで……、ゆっくり考えてみたらどげんじゃろか。本当に自分が、運転士に向いちょっかどうか」

晶は、空唾を呑み込んだ。

それは、つまり――、運転士になるのをあきらめろということか。

「だいにでも務まる仕事じゃなかからね」

「どうして……」

思わず、言葉が口をついて出た。

「どうして、向いてないって思うんですか？」

「いや、それは……」

「私のこと、ずっとそう思ってたんですか？」

相羽は答えない。否定もしない。

今年になってから失敗続きだった。鹿を轢いたとき取り乱したことは、社内で問題になったとも聞いている。

節夫は、自分で考えろ、と言った。でも、自分で考える前に、会社は判断を下してしまっている。

――私はもう、運転台に立つことができないのか……。

晶は立ち上がった。

「ちょっと待って」

相羽が呼び止める声が聞こえたが、晶は足を止めなかった。

部屋を出て階段を駆け降りる。今ならどこかに節夫がいるはずだ。

運転士の先輩として、担当指導官として、節夫にも聞いてみたかった。

指令室の前に立つと、ガラスドア越しに、節夫の姿が見えた。カウンターの前で、忘備表に記入しているところだった。

ドアを開けると、晶は、つかつかと節夫に歩み寄った。

何事だ、という顔で、節夫が晶を見る。

「お義父さんも、向いてないって思ってますか？」

険しい声音で、晶が聞く。

「なんの話じゃ」

ペンを持つ手を止め、節夫が聞き返す。

「私が運転士になるの、無理だって、そう思ってるんですか？」

節夫は眉をひそめた。

しばらくの間、目を細めて晶を見つめると、

「自分がそう思うとなら、無理じゃろ」

ひとりごとのように、そう漏らした。

涙がこぼれ落ちそうになるのを、晶は、奥歯を嚙みしめてなんとか堪えた。

無言で踵を返し、ガラスドアを開ける。

困ったような顔で廊下に立っていた相羽の横をすり抜けると、晶は、大股で出口に向かった。

12

講堂内の舞台の奥には『半成人式　お父さんお母さん　ありがとう』という、手作りの大きな横看板が掲げられている。舞台の前に二列に並べられたパイプ椅子には、四年生の児童全員。その後ろに作られた来客用の席には、児童数の三倍以上の数の父兄が詰めかけている。

「お父さんとお母さんのところに生まれてこれて、私は世界一の幸せ者です。ありがとう。これからもよろしくね」

舞台中央に立てられたマイクの前で、女子児童が作文を読み上げている。その児童の両親が涙ぐんでいるのが、舞台の上から見えた。

舞台の右手に三つ並んだ椅子には、順番を待つ児童が座っていた。その一番端に駿也がいる。

——ここで作文を読んでも、感激してくれるお父さんもお母さんも、僕にはいない。

駿也は、足元に視線を落とした。嬉しそうな顔をしている父兄の姿を見ているのがつらかった。本当はこの場から逃げ出したかった。

「もう半成人式かと思うと、次は成人かと思います。お父さん、いつも稼いだお金でいろんなものを買ってくれてありがとう」

男子児童が読む作文に、父兄席から笑い声が漏れる。

駿也の横の女子児童が名前を呼ばれ、椅子から立ち上がった。その子の発表が終わったら、次は駿也の番だ。

原稿用紙を持つ手が震えた。父兄の姿が歪んで見える。作文を読む女子の声も、会場の笑い声も、はるか遠くから聞こえてくるような気がする。

「私は、これまでも、これからも、ずっと、お父さんとお母さんが大好きです」

女子児童が頭を下げた。会場が拍手に包まれる。

「次は、奥薗駿也さん」

臨時担任の中泉が名前を呼んだ。

「はい」

返事をして立ち上がる。

マイクの前に立った駿也の許に、中泉が歩み寄った。

「奥薗さんの親御さんは……、やっぱり来られんかった？」

会場に聞こえないよう、小さな声で尋ねる。

駿也は、黙ってうなずいた。

「仕方ないね。じゃ、お願いします」

残念そうにそう言うと、中泉は舞台袖に引き返した。

駿也は、原稿用紙を広げた。

手はもう震えていなかった。自分が書いた通り読むだけだと思った。

「僕のお父さん」

題名を読み上げ、ひと呼吸置くと、駿也は、本文の朗読に入った。

「僕のお母さんは、僕を産んだときに、病気で亡くなりました。だから僕は、お母さんの思い出がありません。顔も思い出せません。

僕は今まで、お父さんに育ててもらいました」

会場内が静まり返った。マイクを通した駿也の声だけが響いた。


会社を出ると、足は自然と小学校に向いた。

駿也には怒られるかもしれないが、「半成人式」に出席しようと思った。駿也がどんな作文を書いたのか、やはり気になる。順番が過ぎていないことを祈りながら、全速力で自転車を漕いだ。

駐輪場に自転車を停め、校庭を走って講堂に近づくと、玄関の横に『平成人式会場』という大きな立て看板が見えた。

受付で「奥薗駿也の母です」と告げ、下駄箱でスリッパに履き替えてから、そっとドアを開ける。

駿也が舞台に立っていた。ギリギリ間に合った。

「僕は今まで、お父さんに育ててもらいました」

駿也の声が会場に響く。

ドアの前に立っていた教師に促され、晶は、一番後ろの席にそっと腰を下ろした。ひとつ斜め前の席に座っていた萌香の母親が、間に合ってよかった、というように笑みを向けてきた。笑顔で会釈し、前に向き直る。

「お父さんは、鉄道が大好きで、イラストレーターをしています」

駿也が書いた作文は、どうやら亡くなった修平の思い出のようだ。来ないでと言ったのは、自分に聞かれるのが恥ずかしかったからかもしれない。

「お父さんは、とてもやさしくて、面白い人です。

下手だけど、野球も教えてくれます。

料理はカレーが得意です。

お風呂に入ると、よくオナラをします。

牛乳を飲むと、必ずゲップします」

会場に笑い声が響く。マイクの前の駿也も頬を弛めている。

晶も微笑んだ。

「今年の夏休みは、鉄道の旅に連れて行ってくれました」

「ん？」

——今年の夏休み？

晶は眉をひそめた。聞き間違えたかと思った。

「お父さんと二人で、九州中の鉄道に乗りました」

一瞬、息が止まった。

——思い出ではない。駿也が話しているのは空想だ。

「列車に乗り込むと、僕らはいつも一番前に行きます。そこが……、僕とお父さんの……、特等席です」

声が震えている。涙が溢れて頬を伝う。

駿也の様子を見て、晶も身体が震え始めた。胸の鼓動が、速く、激しくなる。

父兄席がざわつき始めた。同級生たちも、驚き、戸惑った表情で囁きを交わしている。

「お父さん、大好きだよ」

涙声になりながら、駿也が続ける。

「会いたいよ」

晶は、どうしたらいいのかわからなかった。ただじっと、駿也の姿を見つめた。

「いっしょに遊んだり、ご飯を食べたり、いろんな話がしたいよ」

駿也は、もう作文を読んではいない。天国の修平に呼びかけている。

「お父さん……。これからも、僕の……、お父さんでいて」

ぼろぼろとこぼれ落ちる涙を、駿也は手のひらで拭った。

父兄は、固唾（かたず）を呑んで駿也を見つめている。舞台の袖に立つ中泉も、どうしたらいいのかわからない様子で、ただおろおろしながら見守っている。

マイクの前で、駿也は立ち尽くしていた。拭っても拭っても涙は止まらない。

――駿也……。

もう黙って見ているわけにはいかなかった。

晶は立ち上がった。父兄席の横を通って、舞台の駿也のすぐ下に立つ。

「帰ろう」

晶は呼びかけた。

一瞬こっちを見下ろしたが、駿也は動こうとしない。

「駿也、帰ろう」

手を差し伸べながら言った。

「嫌だ」

駿也が首を振る。

会場内のざわめきが大きくなった。

「なに？」

「どうしたの？」

「なにこれ？」

父兄や同級生の声が晶の耳に届く。

中泉が、晶の許に駆け寄った。

「えっと……、どなたですか？」

晶は中泉を無視した。舞台の端に手をかけ、ジャンプして駿也の足元に這い上がる。

「駿也、帰ろう」

腕に手をかける。それでも駿也は動かない。

遅れて、中泉も舞台に上がった。

「ちょっと、あなた」

「帰ります」

中泉に向かって言った。

「離して！」

それでも駿也が抵抗する。

「帰るよ！」

晶も譲らない。

会場がどよめいた。あちこちに立っていた教師たちが、舞台の前に駆けつける。

「ちょっと、落ち着いて！」

駿也の腕を掴んだ晶の手を、中泉が引き剝がそうとする。

晶は、目の前の代理担任の顔を睨んだ。どうして駿也にこんな作文を読ませたのだと思った。怒りが湧いた。

「ほっといて！」

晶は、中泉を突き飛ばした。

そのすきに、駿也が駆け出した。手にしていた原稿用紙を放り投げて舞台袖の階段を駆け降り、会場の出口に向かう。

「駿也！　駿也！」

そのあとを晶が追う。

会場の中は騒然となった。教師たちは、ただ唖然としながら二人を見送るしかない。

上履きのまま、駿也は講堂を走り出た。スリッパからスニーカーに履き替え、晶も外に飛び出す。

駿也は、坂道を駆け上がっている。全速力で晶が追いかける。

坂の上の神社の手前で、ようやく追いついた。駿也の肩に晶が手をかける。よろけながら駿也が足を止める。

両肩を摑むと、晶は、駿也の身体を自分のほうに向けた。

正面から二人が向き合う。しかし、駿也は、晶を見ようとしない。

「修ちゃんは死んだの！」

肩を揺すりながら、晶は言った。

「嘘だ！」

駿也が大声で言い返す。

駿也は、修平の亡骸を一度も見ていない。病院でも、通夜のときも、葬式でも、決して修平に近づかなかった。遺体と対面することを、頑なに拒否し続けた。

修平の死を、駿也は、まだ受け入れることができないでいる。

――でも、どんなにつらくても、受け入れなければ先に進むことはできない。

「嘘じゃない！」

強い口調で晶は言った。

「死んじゃったの！　もう何処にもいないの！」

「嫌だ！　そんなの嘘だ！」

晶は、平手で駿也の頬を張った。手を上げたのは初めてだった。

怒りに燃える目を向けると、今度は駿也が両手で晶の胸を突いた。晶がよろめく。もう一度駿也の肩を摑む。その手を駿也が振りほどこうとする。二人は揉み合った。

「修ちゃんは、死んだんだよ」

晶は、駿也の目を真っ直ぐに見つめた。

「もう会えないんだよ」

駿也の動きが止まった。その小さな身体から、ふっと力が抜けた。

「晶ちゃんだったらよかったのに」

ぽつりと、そう漏らした。

「え……？」

「晶ちゃんがいなくなったらよかったのに！」

顔を真っ赤にしながら、駿也は言い放った。

駿也は、暗く悲しい目をしていた。そんな目をした駿也を見るのは初めてだった。

晶は言葉を失った。

周りから音が消え、風景が歪んだ。全身から力が抜け、頭の中は真っ白になった。

足元の地面の中に、ずぶずぶと足がめり込んでいくような感覚に囚(とら)われた。

——晶ちゃんは僕のお母さんじゃない。

——どんなに頑張っても、お父さんの代わりにはならない。

今、駿也が言ったのは、間違いなくそういう意味だ。

——私は、運転士にも、駿也の母親にもなれないのか……。

何か温かいものが頬を伝って流れ落ちた。しばらくの間、それが涙だと気づかなかった。

やがて、ふらりと、晶は後ろに下がった。

視点が定まらなかった。何もかもがぼやけて見えた。駿也の姿も、後ろの風景に溶け込んでいる。

晶は踵を返した。そして、ふらつきながら坂道を駆け下りた。

一度も駿也を振り返らなかった。

帰宅すると、身の回りの物だけキャリーケースに放り込んだ。

そして、晶は家を出た。

Ⅳ　晶の再生

1

駿也は、その場を動けないでいた。

鳥居の前にある石段に座り、背中を丸めた格好でぼんやり地面に視線を落としていた。

なんであんなことを言ってしまったのか、自分でもわからなかった。晶は怒ってどこかに行ってしまうかもしれない。

悲しくて、つらくて、怖かった。晶になんと言って謝ったらいいのかわからない。許してもらえるとは思えない。

日が傾き、辺りが薄暗くなると、ようやく駿也は立ち上がった。

雪が舞い始めていた。吐く息が白い。背筋がぞくぞくする。

駿也は、肩を落とし、とぼとぼと歩き始めた。

家は真っ暗だった。晶はまだ帰っていないようだ。

玄関脇の植木鉢を持ち上げる。もしものときのために、その下にスペアキーが置いてあるのだ。それを使って鍵を開け、家の中に入る。

明かりを点けることなく二階の自分の部屋に上がると、駿也はベッドに横になった。

その途端、涙が溢れ出した。

2

節夫が帰宅したとき、家には明かりが点いていなかった。

おかしいな、と思った。晶は、出社後すぐに会社を出て行ったし、駿也の「平成人式」もとっくに終わっているはずだ。もしかして、二人で外食でもしているのだろうか。

玄関に鍵は掛かっていなかった。駿也の靴がある。ただ、いつも履いているスニーカーではない。上履き靴のようだ。

「駿也、おっとか⁉」

明かりを点けると、二階に向かって呼びかけた。返事はない。

階段を上がり、駿也の部屋の前に立つ。

「入っど」

襖を開けると、薄闇の中、こっちに背を向けて駿也がベッドで寝ているのが見えた。

洟をすする音が聞こえる。泣いているようだ。

「何かあったとか？」

駿也は応えない。振り向きもしない。

「黙っちょったらわからんが」

声をかけながらベッドに近づいたとき、電話の呼び出し音が鳴った。座敷の固定電話だ。

立ち止まり、ベッドを見下ろす。駿也は、まだこっちを見ようとしない。

小さくため息をつくと、節夫は踵を返した。階段を降りて座敷に入り、受話器を取り上げる。

「奥薗です」と告げると、

〈私、この前まで駿也君の担任をしていた佐々木ゆりと申します〉

やや焦っているような口調で、相手が言った。

「ああ……、佐々木先生」

ゆりのことは晶から聞いたことがある。今は産休中のはずだが――。

ゆりは、晶と駿也のことを尋ねた。駿也は家にいるが、晶はまだ帰っていないようだと答える。

ゆりは、何度晶の携帯に電話をかけても繋がらないのだと言った。

「あの……」

節夫は混乱した。

「私もたった今帰ったばかりで……。いったい何があったとですか」

〈直接ご説明します。今からうかがって、よろしいでしょうか〉

構わない、と節夫は答えた。

受話器を置くと、節夫は、自分の携帯で晶に電話をかけた。しかし、ゆりの言っていた通り繋がらない。電源を切っているようだ。

駿也はそっとしておくことにした。節夫は、ゆりが来るのを待った。

十分ほどで、ゆりはやって来た。ひとりではなく、若い男性教師がいっしょだ。中泉というその教師は、駿也が学校に置いてきたランドセルとスニーカーを持ってきてくれた。

座敷に上がってもらい、座卓に向かい合って座ると、まず中泉が「半成人式」でのことを、かいつまんで話してくれた。

「これが、駿也くんが書いた作文です」

皺くちゃになった原稿用紙を、ゆりが差し出す。

書かれた文章にざっと目を通しながら、節夫は顔をしかめた。

これをみんなの前で読んだのかと思うと、痛ましさで胸が締めつけられるようだ。

「本当に申し訳ありませんでした」

ゆりと中泉が、両手をつき、頭を下げる。

「半成人式」は中泉の発案で、ゆりは全く知らされていなかった。中泉は、今のクラスが五年生に進級するまでの間の、ほんの数ヶ月だけの代理教師のため、ゆりは、児童それぞれの詳しい家庭の事情までは伝えていなかったという。

「学校側の連携がうまくいってなくて……。なんと言ってお詫びしたらいいか」

「すいません」

ゆりと中泉が、改めて頭を下げる。

「いえ」

起こってしまったことはどうしようもない。わからないのは、学校を出たあと、晶と駿也の間で何があったのかということだが——。

駿也と話ができないだろうかとゆりは言ったが、節夫は、まだ落ち着いて話せるような状態ではなさそうだと告げた。ゆりと中泉は、険しい表情で顔を見合わせた。

「あとで私が話を聞いておきますから。先生方は、今日はもう……」

ゆりは身重の身体だ。無理をしてもらいたくなかった。

ゆりは晶のことも心配していたが、節夫は、連絡がついたらすぐに知らせるからと約束した。


二人が帰ると、節夫は、改めて駿也の作文を読んだ。

「お前が勝手に死ぬから、こげなことになるんじゃ」

仏壇に置かれた修平の遺影に向かって、節夫はつぶやいた。

原稿用紙を座卓に置き、これからどうしたらいいのか考える。

ふと思い立って、節夫は、二階に上がった。いまだに晶が帰って来ないことが気になっていた。廊下を奥に進み、突き当りにある晶の部屋の襖を開ける。

明かりを点けると、いつもは壁際に置いてあるキャリーケースがなくなっているのがわかった。テーブルの上の化粧品もない。

——晶さんは、出て行った……。

すぐに出て行かなければならないようなことが、晶と駿也の間で起きたのだ。

何があったのかを聞かなければと思い、廊下を引き返して駿也の部屋の前に立つ。しかし、節夫は思いとどまった。ただでさえ傷ついている駿也を、これ以上責めるようなことはしたくなかった。

節夫は、そのまま階下に降りた。

座敷の掛け時計に目をやる。午後八時を回っていた。いつもの夕食の時間は、とっくに過ぎている。

駿也は、昼から何も食べていないはずだ。どんなにつらいことがあったとしても腹は減る。腹がいっぱいになれば、気分も変わるかもしれない。

節夫は冷蔵庫を開けた。人参、玉ねぎ、豚肉——。戸棚には、さつま芋と、まだ使っていないカレールウもある。久し振りにさつま芋カレーを作ってみようと思った。

節夫は、冷蔵庫から材料を取り出した。

3

何かを炒める音が、階下から聞こえてきた。

駿也は顔を上げた。晶が帰ってきて、夕食の支度をしているのだと思った。

ベッドを抜け出すと、修平の半纏に袖を通した。そろり、そろり、と足音を立てないように廊下を進み、階段を降りる。

座敷に入って台所を見ると、節夫がレンジの前に立っていた。料理を作っているのは晶ではなかった。

気配を感じたのか、節夫が振り返った。

「急にカレーが食べたくなってな」

カレーと聞いて、お腹が鳴った。

「食べるだろ？」

微笑みながら、節夫が聞く。

「うん」

駿也はうなずいた。

さっき先生が訪ねて来たのはわかっていた。「半成人式」で何があったのか、節夫はもう知っているはずだ。

怒られるのではないかと思ったが、節夫の様子は、いつもと変わらない。駿也は、少し安心した。

「手伝う？」

台所に入っていきながら声をかける。

「おう」

節夫は、菜箸でさつま芋を指した。

「そん芋、洗って」

「うん」

半纏の袖をまくり上げると、駿也は芋を手に取った。

こうしている間にも、玄関の戸が開いて、「ただいま」という晶の明るい声が聞こえるのではないかと期待した。

でも、戸は開かず、声も聞こえなかった。

節夫は、あえて何も尋ねなかった。駿也が自分から話す気になるまで、放っておくつもりだった。

「いただきます」

テーブルに二人並んで腰かけ、出来上がったカレーライスを前に、揃ってスプーンを手にする。

「どげんか？」

駿也がひと口食べたところで、節夫は聞いた。

「おいしい」

さつま芋をすくいながら、駿也が答える。

「お父ちゃんも好きやったど」

亡くなった妻は、修平にねだられて、さつま芋カレーをよく作った。修平は、必ずおかわりした。

そのときのことを思い出しながら、節夫も口をつけた。カレーの辛さの中にさつま芋の甘みが混じり、なんともおいしい。

洟をすすり上げる音が聞こえてきた。横を見ると、駿也が涙を流していた。頬を伝った涙が、ぽたぽたとカレーの中に落ちている。

「おじいちゃん」

カレーに視線を向けたまま、駿也は口を開いた。

「なんね」

静かに問い返す。

「晶ちゃんに……、酷いこと言っちゃった」

その声は震えている。

嗚咽（おえつ）が激しくなる。次から次へと涙が溢れ出す。

節夫は、テーブルの端にあるティッシュケースを取り、駿也の前に置いた。

数枚引き抜き、駿也が目にあてる。

「食べなさい」

まずはお腹を満たすことだ。話はそれからでいい。

「うん」

駿也は素直に応えた。

それからは、黙々とカレーを食べ続けた。

4

――二〇一七年　五月

晶は、息を切らしながら病院の廊下を走っていた。

つい十分ほど前、修平が救急車で運ばれたという連絡が、受け入れ先の病院の看護師から晶の携帯にかかってきていた。バイト先のコンビニを飛び出すと、すぐにタクシーを拾った。

――修ちゃん、修ちゃん……。

心の中で呼びながら、受付で聞いた番号が記された病室を探す。廊下の真ん中辺りで、晶は足を止めた。ドアの横の壁に、「505」と書かれたパネルがある。

――ここだ。

ドアは開いていた。中に入って見回す。

四人部屋だが、三つのベッドは空だった。右手奥のベッドの周りにだけカーテンが引かれている。

「修ちゃん」

今度は、声に出して呼んだ。

真っ直ぐに近づき、カーテンを引き開ける。

晶は息を呑んだ。

ベッドには人が横たわっていたが、その顔には白い布が被せられ、両手が胸の上で組み合わせられていたのだ。

――修ちゃんが、死んだ？

全身から血の気が引き、頭がくらくらと揺れた。

震える足でベッドに近づき、顔を覆った布を取り去る。

「バア！」

その瞬間、修平が目と口を大きく開いた。

「え⁉」

驚いて立ち尽くす晶を見上げ、修平が楽しそうに笑い出す。

「もう……」

一気に脱力した。悪い冗談だ。

「びっくりしたじゃない！」

修平の胸を拳で殴る。

「ごめんごめん」

修平は、身体を揺らして笑っている。元気そうに見える。

でも、救急車で運ばれたのは本当なのだ。

「大丈夫なの？」

顔を覗き込んだ。いつもより顔色がよくないように見える。

「ああ、もう大丈夫」

しかし、修平は、笑いながらそう言った。

「急に胸が苦しくなってさ。焦ったよ。最近、ずーっとハードな仕事が続いてたからな」

修平は、昨日もほとんど徹夜だったはずだ。疲れが出たということだろうか。

「今の仕事のギャラが入ったら、溜まってる家賃も払えるし……、落ち着いたら、三人で温泉でも行くか」

「うん」

「あれ？」

修平は上半身を起こした。

「泣いてるの？」

ホッとした途端、涙が込み上げた。

「おいおい、泣くなって」

「心配かけないで」

声が震えた。本当に心配したのだ。

「私、絶対寿命が縮んだ。修ちゃんのせいだ」

「ごめんごめん」

修平は、上布団に手をかけた。

「おいで」

布団を持ち上げ、中に入るよう晶をうながす。

少しだけ躊躇（ちゅうちょ）したが、部屋には他に患者はいない。カーテンを閉めると、晶は、バッグを床に置き、靴を脱いで、布団の中に潜り込んだ。

晶のきゃしゃな身体を、修平の太い腕が抱きしめる。

「あったかい」

厚い胸に頬をあて、晶がつぶやく。

「泊ってく？」

「バカ」

晶は口を尖らせた。その唇に、修平がキスをする。

顔を見合わせると、二人は微笑んだ。

「失礼しまーす」

突然、若い女性の声が聞こえた。

カラカラと車輪が回る音もする。カートを押しながら、看護師が病室に入ってきたのだ。

「奥薗さん、起きました？」

看護師がカーテンを引き開ける直前、晶は布団の奥に顔を引っ込めた。

「あ、はい」

修平が看護師に笑顔を向ける。その胸を、晶はくすぐった。修平は笑いを堪えるのに必死だ。それでも、看護師は何も気づかない。

「じゃあ、先生呼んできますね。少し空気入れかえましょうか」

看護師が窓に近づく。修平は、腕を伸ばして、晶のバッグと靴をベッドの下に押し込んだ。

必死で笑いを噛み殺しながら、晶は、布団の中から修平の顔を見上げた。やはり笑いを堪えながら修平が人差し指を唇にあてる。

看護師が出て行くと、二人はベッドの上で笑い転げた。

5

最後に見た修平の笑顔を、晶は思い出していた。

まさか、それから半日もしないうちに帰らぬ人になるなんて、考えもしなかった。

目の前には、以前修平と駿也と三人で暮らしていたアパートがある。これまでの人生の中で、一番幸福なときを過ごした場所だ。そのときの部屋には、当たり前のことだが、今は新しい家族が住んでいる。

修平が死んでまだ一年も経っていないのに、三人で暮らしていたのがはるか昔のように感じる。まるで夢だったかのようだ。

昨夜は、東京駅近くのビジネスホテルに泊まった。

昼前にチェックアウトすると、足は自然と、以前生活していた地域に向いた。夢遊病者のように、ゆらゆらと晶は歩いた。

アパートの前を離れ、いつも買い物をしていた商店街に向かう。修平と駿也が、横にいるような気がする。

商店街を抜けると、今度は、近くにある跨線橋に足を向けた。

三人で買い物をした帰りには、いつもその跨線橋に上がった。そして、三人並んで、通り過ぎる列車を飽きずに眺めた。二人が披露してくれる鉄道の豆知識を聞くのが楽しみだった。

キャリーケースを持ち上げながら長い階段を上がると、晶は、いつもしていたように、跨線橋を真ん中まで進んだ。

眼下には、いくつもの線路が伸びている。

晶は、キャリーケースを横に置き、手すりに両手をかけて、ぼんやり線路を眺めた。ひとりきりでここに立つのは初めてだった。

修平と出会う前に戻ってしまったのだと、晶は思った。

今の自分には何もない。何をしたらいいのかまるでわからない。線路を辿って行けば日本中どこにでも行けるのに、どこにも行くことができない。行く場所が見つけられない。自分の居場所を見つけようという気力がまるで湧いてこない。

――私は空っぽになった。

「修ちゃん、助けてよ」

目を閉じ、声に出してつぶやく。

涙は出なかった。自分には、もう涙さえ残っていないのかもしれない。全ての感情が、自分の中から消え失せてしまったように感じる。

「やっぱり、線路の数がちごなぁ」

不意に、背後で聞き覚えのある声がした。

「え——!?」

振り向いた晶は、思わず声を上げた。

「お義父さん……、どうしてここに」

手すりから手を離す。

「うん。駿也が、ここじゃなかかって」

「駿也が……」

晶は、ここで修平と駿也にプロポーズされた。結婚してからも、三人で買い物をした帰りには必ず寄って、いろいろなことを話した。この跨線橋は、家族の大事な場所だったのだ。駿也はそのことを節夫に伝えたのだろう。

節夫は、ゆっくり晶に歩み寄った。

二人並んで、線路の向こうに落ちる夕日を見つめる。

「昔、修平を鹿児島駅ん操車場に連れて行ったこっがある」

ひとりごとをつぶやくように、節夫は話し始めた。

「あいつ、三時間動かんかった。電車をずーっと見ちょったが」

――三時間……。

修平らしいな、と晶は思った。

「わしは、てっきり運転士になるもんち思っちょった。そいが、絵描きになるっち言い出したで」

節夫は、遠い目をしている。子どもの頃の修平を思い出しているのだろう。

初めて鹿児島に行った日の夜――、座敷で見た節夫の背中が脳裏に浮かんだ。

修平を失って悲しんでいるのは、駿也と自分だけではない。節夫もまた、深い喪失感を抱えているのだと、改めて思った。

「東京は遠かち思っちょったが、来てみっと大したことなか。朝早く出れば、昼過ぎには着くんじゃな」

節夫が薄く笑う。

晶はうつむき、自分の足元に視線を落とした。

「私、お義父さんに謝らなきゃいけないことがあるんです」

「なんね」

節夫は、晶に目を向けた。

「修ちゃんに、一度だけ、鹿児島で暮らさないかって言われたことがあって……。借金を背負ったときに、相談されたんです」

晶も節夫を見る。

「私、嫌だって言ったんです。お義父さんとは仲直りしてほしいと思ってたし、そのために鹿児島に行くのは賛成だったけど、中途半端に仕事を辞めて行くのは……、なんだか逃げるみたいで納得いかなくて……。修ちゃんには、イラストの仕事、続けてほしかったんです」

「そうか」

視線を逸らし、節夫がうなずく。

「でも、今思えば、修ちゃん、故郷に帰るきっかけが欲しかったんだと思います。あのとき、私が賛成していれば……」

——もしかしたら、修ちゃんは死なないで済んだかもしれない。

晶は唇を噛んだ。

借金を返すために、修平はかなり無理をしていた。ろくに食事もとらずに、何日も徹夜が続くことがあった。仕事だけでなく、金策にも飛び回らなければならなかった。そんな日々が、修平の身体をむしばんでいったのは間違いない。

「すみません。本当に……」

節夫に向かって、晶は頭を下げた。

「あんた、駿也のために運転士になりたかっち言うたな」

「え——？」

晶は顔を上げた。

「面接のときに」

「あ、はい」

「鉄道っちいうとは、誰かを乗せて走るもんじゃ。乗せたい人がいるっちことは、幸せなことじゃ。おいは気づかんかった。気づけてよかった。あんたが教えてくれた」

節夫はやさしく微笑んだ。

「お義父さん……」

言った途端、さっきまで出なかった涙がこぼれ落ちた。

「駿也も、あんたと同じじゃ」

「え？」

「あんた、鹿を轢いたとき、大声で泣き喚いたそうじゃな」

晶が黙ってうなずく。

「あんときまで、あんた、ずっと自分の感情を抑えつけてきたとじゃなかか？ 修平の死はショックじゃったろうけど、駿也を育てんといけん。それだけ考えて必死に頑張ってきた。じゃから……、なんちいうか……、本当の悲しみとか喪失感とか、そういうものとちゃんと向き合うことができていなかった。そういうストレスみたいなもんが、マグマみたいに胸ん中にどんどん溜まっていって……、鹿の死体を見たとき、一気に爆発したとじゃなかか？」

——溜まっていた感情が、一気に爆発した……。

そうかもしれないと晶は思った。修平が亡くなったときも、あんなに取り乱したりはしなかった。駿也がいたからだ。

「駿也も同じじゃ。あいつも、我慢してきたとじゃろ。あんたやおいに心配かけんために……。あんな小さな身体で、必死に、歯を食いしばって、今まで耐えてきたとじゃ。じゃっどん、やっぱり無理がある。駿也も、どっかで感情を爆発させる必要があったとじゃ。今はもう、あいつは落ち着いとる。あんたに言ったことを後悔しとる」

　晶は目を閉じた。

　節夫の言っていることはわかる。その通りかもしれない。でも、そんな駿也の気持ちに、全く気づいてあげられなかったのだ。やはり、こんな自分が、駿也の母親になどなれるはずはない。

「そろそろ帰る」

　節夫は、手すりから離れた。

「明日、早出じゃっでな」

「お義父さん……」

　これからどうしたらいいのか、と聞こうとして、晶は言葉を呑み込んだ。それは、晶自身が決めなければいけないことだ。

「こいからどげんすっかは、あんたの自由じゃ」

　穏やかな口調で、節夫は言った。

「まだ若か。自分で考えて決めればよか。もし戻ってこんければ、おいが駿也を育てる。心配せんでよか」

　それだけ言うと、節夫は踵を返した。大股で歩き出す。

広い背中がどんどん遠ざかっていく。

その姿が視界から消えるまで、晶は節夫を見送った。

晶は、再びひとりきりになった。

日が沈み、跨線橋を行き来する人の数が増えた。誰もが横目で晶を見ていく。

跨線橋の上から動くことができなかった。尻をついて手すりによりかかり、膝を抱えた。

それでも、晶は動けなかった。膝の間に顔をうずめ、これからどうしたらいいのか考え続けた。

本当は鹿児島に帰りたかった。節夫と話してから、その気持ちはどんどん膨らんでいた。でも、駿也の母親になる自信はまるでない。やっぱり自分には無理なのだと思う。

ふと思い立ってスマホを出し、電源を入れた。家を出たときから、電源はずっと切ったままにしていた。

着信履歴にゆりの名前が並んでいた。それに混じって節夫の名もある。でも、駿也からの着信は一度もない。

今頃どうしているのだろうと思った。もしかしたら、駿也は、自分を責めているかもしれない。

いったいどうすればいいのだろう、と考えたとき、手の中で着信音が鳴った。

スマホの画面に目を落とす。「修平」という名前が浮かび上がっている。

――駿也……。

晶は、スマホを耳にあてた。

「もしもし」

駿也は応えない。

耳を澄ます。荒い息遣いだけが聞こえてくる。

呼吸に混じって、洟をすする音。

「ご飯食べた？」

応えはない。

聞こえてくるのは、息遣いと洟をすする音だけ。

「宿題終わった？　お風呂は？　入った？」

晶は続けた。

空を見上げる。曇っていて、星は全く見えない。

「明日、雨かもしれないから、傘、忘れないでね」

息遣いがさらに荒くなる。しゃくり上げるような音も聞こえる。

〈ごめんなさい〉

涙声が聞こえた。そして、そこで電話は切れた。

晶は、大きくひとつ肩で息をついた。

スマホの画面に目を落とす。待ち受けは、修平と駿也、そして晶が、顔を寄せ合うようにして撮った写真だ。三人とも、楽しそうに笑っている。

画面を見ているうちに、胸の底から温かな塊がせり上がってきた。全身が、ふわりとした温もりで満たされていく。自分はまだ空っぽなんかじゃないと思った。

駿也に会いたかった。

駿也の笑顔が見たかった。

駿也とずっといっしょにいたいと思った。

晶は、指先でスマホを操作した。いったん「修平」という登録名を消し、「駿也」に変更する。

晶は立ち上がった。キャリーケースを引きながら歩き出す。

飛行機の鹿児島行き最終には間に合わないが、寝台車で岡山まで出て、新幹線と鹿児島本線を乗り継げば、明日の午前中には八代に着ける。
　自然と早足になった。
　どんどん足が速まる。
　走り始める。
　キャリーケースを持ち上げ、階段を駆け降りる。
　息が上がってくる。
　歯を食いしばり、通りを全速力で駆ける。
　行き交う人々が、何事かと晶を見る。
　それでも構わない。
　もう迷いはない。
　晶は走った。
　駿也の許へ。
　家族の許へ。

5

肥薩おれんじ鉄道八代駅のホームの端に、晶は立った。

ここに来てから、二本の列車が発着した。しかし、いずれも運転士は節夫ではなかった。晶は待った。

ほどなく、次の列車がやって来た。

ホームの手前で速度が落ちる。

晶は、運転席に視線を向けた。

――お義父さん。

間違いない。運転しているのは節夫だ。

節夫も気づいた。驚いた表情で、こっちを見ている。

晶は深々とお辞儀した。列車が自分の前を通り過ぎるまで、じっとそのままでいた。

昨日、節夫と話していなければ、自分はまだ東京にいたのではないかと思う。空っぽのまま、今も街をさ迷い歩いていたかもしれない。駿也からの電話で鹿児島に帰ることを決めたのは確かだが、自分の気持ちが動くきっかけを作ってくれたのは節夫のやさしさだ。どれだけ感謝しても足りない。

ホームに降りた節夫の許に、晶は歩み寄った。

口許に笑みを浮かべながら、節夫が迎える。

「お帰り」

ただいま——、と返そうとしたが、言葉を発すると涙が溢れ出しそうだった。晶は、奥歯を噛みしめて堪えた。

節夫は、そんな晶の様子を、黙って見守ってくれている。

——ありがとうございました。

心の中で礼を言うと、晶は、もう一度頭を下げた。

6

坂の上の神社——。鳥居の前の石段に座って、晶は待っていた。

肩をすぼめ、しょんぼりとした様子で、駿也が坂道を上ってくるのが見えた。

その姿をひと目見ただけで胸が震えた。わずか二日のことなのに、何ヶ月も会っていなかったように感じた。

腰を上げ、坂道の真ん中に立つ。

顔を上げた駿也が、晶に気づいた。パッと顔が輝いたかと思うと、急な坂を駆け上がり始める。

一メートル手前で立ち止まると、駿也は、真っ直ぐに晶を見つめた。

「お帰り」

晶が声をかける。

「晶ちゃんも、お帰り」

「ただいま」

晶は微笑んだ。

「雨、降らなかった」

駿也は、手にしていた傘を晶に向かって掲げた。

「うん」

昨夜電話で話したときには、自分が東京にいることを忘れていた。鹿児島は、朝からずっと晴れている。それでも駿也が傘を持って家を出たことが、なんだかおかしかった。

一瞬、足元に視線を落とすと、駿也は、意を決したように顔を上げた。

「晶ちゃんは、晶ちゃんだから」

はっきりとした口調で言う。

「晶ちゃんのままで側にいて」

晶は驚いた。駿也は、これまで見たことがないような大人びた表情をしていた。

「うん」

晶は、しっかりとうなずいてみせた。

ランドセルを下ろすと、駿也は、中からスケッチブックを取り出した。ページを開いて、晶に渡す。

列車を運転する晶の絵が描いてある。

「本当はクリスマスプレゼントにしたかったんだけど……」

「上手だね」

お世辞ではない。本当に素敵な絵だった。

その絵を見ながら、まだあきらめるわけにはいかないと思った。相羽に会って、

「運転士になりたい」と伝えなければ。

――私が運転する列車に、絶対駿也に乗ってもらう。

「私、あきらめないから。運転士になることも、駿也の家族になることも」

「うん」

晶と駿也は、笑いながら顔を見合わせた。

そのとき、遠くで踏切の警告音が鳴り始めた。

晶は腕時計を見た。節夫の乗務予定は、なんとなく頭に入っている。今の時間なら、運転しているのは節夫かもしれない。

スケッチブックを閉じると、晶は、駿也の腕を摑んだ。

「行こう」

先に立って坂道を下り始める。

線路沿いの道に出ると、二人は、列車がやって来るのを待った。


前方に、二つの人影が見えた。

目を細め、首を伸ばす。

――晶さん。駿也。

運転席にいるのが節夫だとわかったのか、二人は大きく手を振り始めた。

思わず口許が弛む。

二人は、列車の進行方向に走り始めた。
運転席の窓のすぐ横に二人が並ぶ。走りながら、こっちに向かって手を振っている。
節夫は、わずかに速度を落とした。
「おじいちゃーん！」
「お義父さーん！」
駿也と晶の声が届いた。
できるなら窓を開けて言葉を返したいが、そういうわけにもいかない。
少しずつ、列車から二人が離れて行く。
節夫は、窓に顔を近づけ、後ろを見た。
二人はまだ走っている。弾けるように笑いながら。
前に向き直ると、節夫も、心からの笑みを浮かべた。

7

――二〇一八年　四月

「奥薗さん」

呼ぶ声に節夫が振り返ると、相羽が手招きしている。

すでに今日の勤務は終わり、ロッカールームに向かおうとしているところだった。

「なんね」

「いや、実は――」

歩み寄り、廊下で向かい合う。

「奥薗晶さん、もうすぐ見習い卒業でしょう?」

「ああ、まあ、そうなると思うが」

東京から戻った晶は、もう一度だけチャンスをください、と相羽に頼み込み、渋々ではあったが了承を得た。乗務に復帰してからは、ほとんどミスもトラブルもなく、順調に研修期間を過ごしていた。

「奥薗さんの指導のおかげで、楽しみな運転士が増えました。どげんです? こん調子で、もうひとり」

相羽が、揉み手をしながら愛想笑いを浮かべる。

「調子のいい奴じゃ」

節夫は、苦笑を返した。

「じゃっどん、悪くなか」

若者が少しずつ成長していく姿を見るのは、楽しいものだ。晶を教えてみて、それがわかった。

「え⁉」

相羽は大きく目を見開いた。

「じゃあ、引退するのはやめっちことですね？」

「ああ」

相羽がガッツポーズするのを横目で見ながら、節夫は歩き出した。

——当分の間、晶さんといっしょに運転士を続ける。

節夫はそう決めていた。駿也も、きっと喜んでくれるだろう。

ロッカールームに入り、自分のロッカーのドアを開ける。

ドアの内側に、はやぶさの前で撮った家族写真が貼ってある。節夫と修平、そして妻。この世に残されたのは、自分だけだ。

でも、今は、新しい家族がいる。

しっかり者で可愛い娘と、ちょっと内気だがやさしい孫。

――おいたち家族を、天国から見守っちょってくれ。

節夫は、そっと家族の写真に触れた。

＊

「じゃあな、駿也！」

「おじゃましました！」

同級生の男の子たちが数人、どたどたと足音を響かせて階段を駆け降りてきた。中には、駿也が怪我をさせた竹田もいる。彼らは、二時間ほど前に騒々しくやって来た。鉄道模型で遊んでいたようだ。

「気をつけて帰ってね！」

我先にと外に飛び出して行く子どもたちに向かって、晶が声をかける。最後に、菓子の袋と空のグラスが載ったお盆を手に、駿也が二階から降りてきた。

「楽しかった？」

晶が聞くと、

「あいつら、模型をひとつ壊した。許せん」

駿也は頬を膨らませた。でも、目は笑っている。

四年生の頃はなかなか友だちができなかったが、今ではすっかりみんなと仲良くなったようだ。野球の試合でサヨナラヒットを打ったのがきっかけらしいと、節夫からは聞いていた。バッティングセンターでの特訓が実ったということだろう。

晶は節夫に感謝した。義父には感謝してばかりだ。

「ねえ、駿也」

台所でグラスを洗い始めた駿也に声をかけた。

「なに？」

手を止め、駿也が振り返る。

晶は、仏壇に供える花をかえたところだった。そこには、義母と修平の遺影が置いてある。

「ここに駿也のお母さんの写真も置かない？」

どうして今まで気づかなかったのだろうと思った。

「いいの？」

晶と駿也は、仏頂面で新聞を広げている節夫のほうを見た。

「いいですよね、お義父さん」

「ああ」

節夫がうなずく。

駿也は、跳ぶようにして二階に駆け上がった。すぐに、妊娠中の母親の写真を持って降りてくる。

フレームには入っていないが、晶は、その写真を修平の遺影の横に立てかけた。

——みんながひとつの家族だ。

「今度、駿也のお母さんの家族にも挨拶に行こうか。もうひとりのおじいちゃんと、おばあちゃんのとこ」

「うん」

亡くなった母親の家族にはもう何年も会わせていないと、修平から聞いたことがある。でも、駿也にとっては大事な人たちだ。

駿也が、じっと両親の写真を見つめている。

新聞を置き、節夫が仏壇の前に正座する。その横で、晶と駿也も膝を揃える。

三人は、遺影に向かって手を合わせた。

エピローグ

出水駅のホームに、始発列車が停まっている。晶が初めてひとりで運転する列車だ。

ドアの前に立ち、乗車する客ひとりひとりに頭を下げる。

「晶さん」

不意に名前を呼ばれた。

見ると、幸江が駿也を連れてやって来るところだった。駿也は、晶が運転する列車には、見習い期間中に何度か乗ったことがあるが、独り立ちする一番列車となると特別だ。朝からはしゃいでいた。

「頑張って」

幸江が声をかけてくれる。

「はい」

しっかりうなずき、どうぞ、と開いているドアを指し示す。

「僕、一番前」

駿也は、運転席横の窓にへばりついた。そこが、修平が生きていたときからの特等席なのだ。

「晶さん」

また呼ばれて振り返ると、今度は、ゆりだった。産まれたばかりの赤ちゃんを胸に抱いている。

「わあーっ」

歓声を上げながら、赤ちゃんに顔を近づける。

可愛い男の子だ。

「名前はなんていうの？」

「そうき」

「そうき？」

「創る、輝く、って書いて、創輝」

「へえ……、いい名前ね」

「今度また、ゆっくり会おうね」

「もちろん」

二人は笑みを交わした。

「じゃ」

ゆりが列車に乗り込む。

節夫がやって来た。今日は休みで、私服姿だ。

娘の晴れ姿を見るのが照れくさいのか、なんだかそわそわしているように見える。

晶は微笑んだ。

「どうぞ」

頭を下げ、ドアを指し示す。

「ああ」

はにかんだような笑みを浮かべながら、節夫が乗り込む。

発車時間が近づいていた。晶は、運転席に入った。

運転席の窓を隔ててすぐ横に立っている駿也と目を見交わすと、マイクを握る。

「ご乗車、ありがとうございます。この列車の運転士は、奥薗です。安全運転に努めてまいります。

お待たせいたしました。普通川内行き、発車します。閉まるドアにご注意ください」

マイクを置くと、晶は指さし確認を行なった。

「ホーム右、ドア閉。戸閉めよし」

いよいよ発車だ。

大きくひとつ深呼吸する。

「本線一番、出発進行」

晶は、真っ直ぐ前方を指さした。

——出発進行。

もう一度、心の中で繰り返す。

今度のは、家族に対する言葉だった。今日、自分たち家族も新しい出発地点に立ったのだ。

ゆっくりと列車が動き出す。

迷いながら、

悩みながら、

ときには傷つきながら、

それでも、笑顔を忘れることなく、

自分たち家族も、ゆっくり進んでいけばいい。

どこまでも延びる線路を、晶は見つめた。

『僕の家族　奥薗駿也

僕には、たくさんの家族がいます。

僕をうんでくれたお母さん、育ててくれたお父さん、そして今、いっしょにくらしているおじいちゃんと晶ちゃんです。

肥薩おれんじ鉄道で、運転士をしている晶ちゃんは、ようやく見ならい期間が終わり、はれてひとりだちすることになりました。りっぱな運転士になってほしいものです。

おじいちゃんは、ときどき僕の名前をお父さんとまちがえて呼ぶけれど、僕は気づかないふりをしています。それが孫としてのやさしさです。

正直言うと、僕は今でもお父さんのことを思い出して悲しくなることがあります。だけど、うつむいている場合じゃありません。

だって、僕たち家族は、まだ出発したばっかりだから。』

（了）

＊二〇一八年現在、肥薩おれんじ鉄道の運転士の応募には、ＡＴ限定を含めた普通自動車第一種運転免許を保持していることが条件となっています。

〔謝辞〕
本書執筆にあたり、鹿児島在住の鉢窪謙作氏の協力を得ました。この場を借りて、厚く御礼申し上げます。

【お断り】
この物語はフィクションです。小説の女性運転士のプロフィールは実際の女性運転士とは関係ありません。

ギロチンハウス：
課長 榊江梨子の逆襲

大石直紀

精密機器会社・京都クルミ製作所の「セカンドキャリア戦略室」。その実態はリストラ小屋、通称「ギロチンハウス」。突然そこに異動となった経営企画部第二課課長・榊江梨子・42歳、営業一課課長代理・下島裕二・52歳、総務部五係係長・勝見亮・30歳の３人。リストラ社員が会社の闇を暴く痛快ミステリ。

―――本書のプロフィール―――

本書は、二〇一八年十一月公開の映画「かぞくいろ―RAILWAYS わたしたちの出発―」の脚本をもとにオリジナルストーリーを加え書きおろした小説です。

小学館文庫

かぞくいろ
—RAILWAYS わたしたちの出発—

著者　大石直紀
脚本　吉田康弘

二〇一八年十月十日　初版第一刷発行

発行人　岡　靖司
発行所　株式会社　小学館
〒一〇一-八〇〇一
東京都千代田区一ツ橋二-三-一
電話　編集〇三-三二三〇-五六一七
販売〇三-五二八一-三五五五
印刷所――――凸版印刷株式会社

この文庫の詳しい内容はインターネットで24時間ご覧になれます。
小学館公式ホームページ　http://www.shogakukan.co.jp

ISBN978-4-09-406567-1